따뜻한 사람들과의 대화

푸른사상
산문선

6

따뜻한 사람들과의 대화

안재성 산문집

푸른사상
PRUNSASANG

요즘은 연락이 끊어졌지만, 오랜 친구인 중학교 동창 하나는 만날 때마다 내게 물었다. '너희들이 민주화 투쟁을 해서 오늘날 한국이 좋아졌다고 생각하냐'고. 내 친구 중에 유일하게 보수파인 그는 오늘의 한국을 이룬 것이 보수 집권 세력이며 민주화 세력은 방해만 되었다고 생각했다.

나는 그때마다 당연히 민주화운동 덕분에 우리가 이만큼의 자유를 누리고 있으며 법률적으로나마 평등을 누리고 있는 것이라고 단언했다. 소위 경제개발 세력들이 부를 창출했을지는 몰라도 평등과 민주를 위한 투쟁이 없었다면 그 부는 극소수 독재권력의 손아귀에 들어가고 일반 국민들은 빈곤과 억압 속에 비참하게 살고 있을 것이며 나라는 남미 여러 나라 같은 혼란에 빠졌을 거라고 주장했다.

날이 갈수록 심해지는 빈부격차와 비정규직의 폭증을 보면서 도대체 언제까지 싸워야 하는가 가슴이 답답해지기도 하지만, 노비가 존재했던 백 년 전 세상보다, 군사독재가 횡행하던 사십 년 전보다 지금이 더 자유롭고 풍요로워진 것을 부인할 수는 없다.

그리고 내놓기에는 부끄러울 정도로 미미한 역할을 했지만, 내 생애 많은 시간은 인간 평등과 민주주의, 노동자의 권익을 위해 바쳐졌다. 덕분에 참으로 우여곡절 많은 파란만장한 삶을 살았다. 그러나 후회는 없다. 오히려 더 열심히 싸우고 더 많은 시간을 감옥에서 보내지 못한 게 부끄러울 뿐이다.

나 자신이 투사로서 헌신적이지 못한 대신, 글 속에서는 가장 투쟁적인 인물들을 그렸다. 그 주인공의 다수가 사회주의자들이었다. 그러나 내가 그리려던 것은 어떤 특정 이념을 가진 혁명가라기보다 마음이 따뜻한 사람들이었다. 나의 주인공들은 마음이 따뜻하기에 이웃의 아픔을 참지 못하고, 동포들의 고통을 눈감지 못하고 불의와 싸웠을 뿐이다. 그들이 인류의 머나먼 미래상을 어떤 형상으로 그려내느냐는 것은 중요한 문제가 아니었다.

세상에는 나머지 모든 이론을 부정할 수 있는 완벽한 사상이나 이론 따위는 존재하지 않는다고 생각한다. 내가 주로 다뤄온 사회주의도 마찬가지다. 가난한 노동자와 농민들에 대한 사랑과 연민으로부터 시작된 사회주의를 편협한 이념 독재의 도구로 삼은 소련과 북한의 스탈린주의와 김일성주의는 명백히 반역사적이고 반혁명적이지만, 본래의 사회주의 대원칙들은 아직도 소중하다고 본다. 그것은 휴머니즘이었다.

언제나 중요한 것은 휴머니즘이라고 생각한다. 인간의 자유와 평등과 평화를 위해 매 시기마다 무엇을 할 것인가 고민하고 싸우는 일이다. 나가서 그 생각을 얼마나 민주적이고 평화적으로 사람들에게 전달하고 설득하느냐라고 생각한다. 무지에 의한 것이든, 다수에 의한 것이든, 독재에 의한 것이든 폭력적으로 강요되는 사상은 어떤 경우든 옳지 않다.

지금까지 여러 권의 책을 썼지만 주변 사람들에 대한 감사의 마음을 표현한 적이 없었는데, 나이가 들고 건강이 나빠지면서 고마운 사람들에 대한 마음이 깊어진다.

누구보다도 먼저, 어린 시절부터 지금까지 매 한 번 안 들고 야단 한 번 안 치고 오로지 믿음과 사랑으로 이 불효자를 믿고 지지해 오신 부모님께 감사하고 죄스러운 마음이 든다. 자식이 무엇을 하든, 어떻게 살든 오로지 사랑과 믿음으로 후원하고 물질적으로 마음으로 도와주신 부모님의 은혜를 헤아릴 길이 없다. 안연관 아버님, 조영숙 어머님이라는 성함을 꼭 이 책에 넣어드리고 싶다.

결혼 20년 동안 끊임없는 경제적 불안 속에서도 군말 없이 굳건히 가정을 지켜온 착하고 성실한 아내 정향숙에게도 감사와 사랑의 마음을 표현할 길이 없다.

경제적으로나 부모님에 대한 효도로나 못난 장남의 역할을 대신 해온 여동생 안명자와 매제 정윤태 교수, 남동생들 재종과 재필에게도 늘 미안하고 감사하다.

아무것도 해준 것 없는 내게 가족과 같은 마음으로 과분한 후원을 보내오는 이지원그룹 양진호 회장의 우정은 너무나 소중하다. 집안의 장손으로서 내가 어려울 때마다 큰 도움을 주어온 사촌형 안재섭, 한국저축은행 윤현수 회장님, 부산의 변영철 변호사님…… 이런 분들이 없었다면 어두운 역사에 갇혀 잊혀진 이들을 복원하는 작업은 한결 더뎠을 것이다.

문학의 선배로서만이 아니라 역사에 대한 관심과 집필의 영역이 유일하게 똑같은 소설가 김성동 선생님의 존재는 무겁고 어두운 역사를 파헤치는 외로운 작업을 하는 내게 큰 지지가 되어 왔다. 멀리서 가까이서 늘 격려해주시는 시인 효림 스님과 신경림 선생님께도 감사를 드린다.

항상 힘이 되고 위로가 되어온 벗들의 존재도 소중하다. 윤동수, 최용탁, 이인휘, 김한수, 정화진, 송석봉, 이명식, 박인균, 유근형, 임동준 그리고 대학로 호질의 양지은까지, 친구를 무척 가려 사귀는 편이지만 막상 너무 많아 그 이름을 다 적을 수가 없다.

변치 않는 애독자로서 조언을 아끼지 않는 세브란스치과 이주연 원장과 노행남 판사, 임기상 기자, 서은혜 교수, 최부식 피디, 이채훈 피디, 리얼리스트 100의 문우들 같은 여러 정신적 후원자들에게도 늘 감사의 마음을 간직하고 있다.

해마다 농사지은 쌀과 과일을 보내오는 장수의 한원선이나 독립운동가 이효정 할머니의 따님 박진영 님과 아드님 박진수 화백,

이관술 선생의 손녀 손옥희 같은 분들에 대한 감사도 일일이 다 적을 수가 없다. 이름을 적지 못한 분들에게 죄송함을 표현할 따름이다.

끝으로 어려운 가운데 이 책의 출판을 맡아주신 푸른사상 출판사와 맹문재 주간에게 감사드린다. 이 책을 모든 고마운 이들에게 바친다.

2012년 6월 이천 설성면 흙집에서 안재성

| 차례 |

제2부

제3부

제1부

내 인생의 글쓰기

책가방엔 소설책만

반갑습니다. 안재성입니다. 오늘 강연 제목이 '내 인생의 글쓰기'죠? 그럼 제가 어떻게 글을 쓰게 됐나 그런 얘길 자유롭게 하겠습니다.

어렸을 때 저희 외삼촌들이 어린이 동화 같은 것들을 많이 보여줬고 또 열심히 읽으면 칭찬도 많이 해주고, 편지를 쓰면 정말 잘 썼다고 해주고 이러니까 그 맛에 어려서부터 소설가가 되겠다고 생각했습니다.

중학교 들어가기 전에 처음으로 소설을 썼어요. 텔레비전에서 그때 〈도망자〉라는 드라마를 했었죠. 제가 쓴 것도 그 드라마처럼 억울하게 누명을 쓰고 도망치는 사람 이야기였어요. 제목은 '숯을 굽는 노인'이었습니다. 기억이 잘 안 나지만 굉장히 길게 썼어요. 제가 초등학교 때까지 본 많은 책들의 영향으로 저절로 써졌던 것 같아요. 억울하게 죄를 뒤집어 쓴 사람이 숯 굽는 노인의 산막에 가서 한 두세 달 정도 살다가 경찰이 오니까 도망가는 얘기로 끝나요. 억울한 사람이 가난하고 힘들게 사는 사람과 뜻이 맞는 건데 동생들이 재미있어 한 기억이 나요.

그 첫 작품부터 제 문학의 소재는 어렵고 힘든 사람, 약하고 억울한 사람들이었습니다. 문학작품들을 보면 기본적으로 다 권선징악이잖아요. 정의를 위해 싸우는 사람들, 불의와 싸우는 사람들, 가난한 사람들에 대한 애정, 이런 이야기가 다 문학작품이었기 때문에 제 세계관이 어려서부터 그렇게 잡힌 것 같습니다. 문학이 제 인생을 가르치지 않았을까 그런 생각이 듭니다.

그리고 중학교를 들어갔어요. 제가 부반장이었는데 우리 아버님은 페인트공으로 아마도 월급 한 2, 3만 원 받았어요. 상대적으로 다들 가난했던 당시로서는 중산층이라고 할 수도 있겠지만 절대적으로 보면 퍽 가난했죠. 근데 우리 반장네는 자가용이 두 대나 있는 큰 부잣집이었어요. 그러니까 중학교 1학년인데도 반장의 위세가 말도 못하죠. 그래서 일기에 그런 내용을 썼더니 담임선생님이 그걸 보고서 잘 썼다고 칭찬해주며 격려해준 기억이 나요. 다른 사람들의 아픔 또는 부당함을 이야기하는 것이 글의 중요한 역할이라는 점을 다시 한 번 깨우쳐 준 거지요.

　중고등학교 내내 공부는 안 하고 책만 열심히 읽었습니다. 책가방에 소설책만 넣고 갔어요. 그래서 하루에 두 권씩 읽고 돌아올 때도 있었어요. 성적은 중간 턱걸이고. 고등학교 들어가니 성적도 안 나오고, 공부가 별 의미가 없더라고요. 학벌이 좋다고 세계적 문학가가 된 사람도 없고, 그래서 고등학교 1학년 때 가출을 했어요. 집에서 돈을 조금 훔쳤는데 충청남도 장항까지 가는 기차를 타고 밥 한 끼 먹으니까 십 원도 안 남더라고요. 직업소개소를 통해서 술집, 식당에 가서 종업원으로 한 달 동안 일하고 왔어요. 한 달 일하고 딴 데로 가려고 했는데 아버지에게 잡혀왔어요.

　우리 부모님은 정말 좋은 분들이었어요. 성적이 떨어져도 매질 한 번 않고 공부하라고 윽박지르거나 강요하지 않았어요, 전혀. 아버지는 가출한 나를 찾아 충남 서천이니 강원도 강릉까지 오셨는데 어렵게 잡고서도 야단은커녕 혼자 엉엉 울면서 나를 얼러서 집에 데려오고…. 문학소녀였던 어머니는 내가 글을 쓰는 것을 그렇게 좋아하시고 격려해주셨지요. 물론 그 재능도 물려주었고요. 어머니는 물론 아버지도 내가 문학을 좋아한다면 그쪽으로 나갈 수 있도록 어떤 제약도 가하지 않고 도와주셨어요. 그 고마움은 아무리 감사를 드려도 다 할 수 없어요. 지금도 역시 저를 후원해주시는 두 분께 늘 마음 깊이 감사를 드립니다.

　고등학교 1학년 한 해 동안 50일 넘게 결석했는데 다행히 우리

이모부가 학교 쪽에 있어서 막 사정을 하고, 석 달 내내 변소 청소하는 걸로 때우고 다시 학교는 다닐 수 있었어요. 제가 가출했던 이유는 '술집, 탄광, 그리고 배 타는 거, 이 세 가지를 해보면서 스무 살이 되겠다.' 이런 마음을 먹었기 때문이었죠. 그런데 이제 탄광하고 배를 타러 갔어야 하는데 잡혀 버려서….

가출했다가 학교에 돌아오니까 선생이 '너는 왜 가출했냐?' 그래서 '나는 글 쓰는 데 있어서 좋은 학력은 필요 없다고 생각한다. 경험이 더 중요하다. 그래서 글을 쓰기 위해 세상을 보러 나갔다.' 그랬더니 그럼 문예반에 들어가서 글을 써보라고 권해요.

문예반에 들어가서 교지에 생애 두 번째 소설을 싣게 됐어요. '11월'이란 제목이었는데, 어느날 아침, 주인공인 학생이 학교에 가려고 집을 나서요. 그런데 큰길에서 어떤 여자 거지가 버스에 치여 쓰러진 것을 목격하는 거예요. 그게 줄거리의 전부였는데 어떻게 그 얘기를 그렇게 길게 썼는지 모르겠어요. 지금은 이야기를 압축해서 줄거리 위주로 쓰는데, 그때는 세계 문학의 영향을 받았는지 묘사를 많이 했나 봐요.

문학은 개나발, 현실에서 정의를

대학교엔 가고 싶지 않았지만 '대학생은 놀고 먹는다.'고 하더라고요. 그럼 4년 동안 글을 쓸 기회가 생길 것 같았고, 더군다나 강원대학교가 있는 춘천이 굉장히 아름답거든요. 춘천이 너무 좋았어요. 고3 여름방학 때 바짝 암기 과목들을 공부해 턱걸이로 강원대 축산과를 들어갔죠.

학교 들어가자마자 또 가출을 했어요. 이번엔 부모님도 몰래 친구랑 같이 울릉도로 배 타러 갔어요. 오징어 배를 타려면 어구를 많이 사야 한다고 해서 모든 돈을 털어서 어구를 샀어요. 그런데 며칠 동안 심한 폭풍우가 와서 계속 배가 못 뜨는 거예요. 할 수 없이 어구를 다시 팔아서 밥을 사먹었어요. 날씨가 좋아져서 배를 탈 수 있게 됐는데 어구가 없으니 탈 수가 있어야지요. 겁도 좀 나고. 그래서 이건 아니다 싶어서 육지로 돌아나와 쫄쫄 굶으면서 기차를 무임승차해서 돌아왔지요.

다시 지루한 학교생활이 시작되었죠. 축제도 모르고 미팅도 한번 않고 오로지 책만 읽었어요. 그러다 보니 '공부를 해보자, 글을 쓰려면 문학에 대해 공부를 해보자.'는 생각이 들어 축산과와 상관없는 국문과 수업을 여러 개 신청했어요. 시론, 소설론 같은 거죠. 그때 국문과 교수가 마광수라고, 나중에 성애소설로 말썽이 많았던 사람이죠. 그때는 아주 젊었어요. 그 사람 참 재미있어요. 그리고 저한테 점수를 잘 줬어요. A, B 학점 줬어요. 축산과 성적은 형편없었는데. 그 사람한테서 문학 강좌를 들으면서 요즘엔 어떤 소설이 있고, 또 뭘 읽으라는 얘길 들었어요. 기를 쓰고 현대소설을 다 읽어 봤어요. 그게 2학년 때지요. 현대소설로 넘어온 거죠. 그런데 현대문학으로 넘어오니까 제가 굉장히 난감한 상황에 부딪혔어요.

알랭 로브그리예란 사람이 쓴 『질투』라는 소설이 있어요. 책방에서 겨우 찾아 읽었는데 읽을 수가 없는 거예요. 줄거리도 없고, 주인공도 없고, 자기 관념 속에서 막…. 이게 현대소설인 거죠. 굉장히 좌절에 빠졌어요. '내가 생각했던 문학과 지금의 문학은 다르구나. 내가 문학에 대해서 뭔가 착각했구나.' 스무 살 나이에 '난 완전히 옛날식 문학가구나.' 하는 생각을 하게 된 거예요. 지금의 문학은 내가 할 것이 아니라는 생각이 든 거죠. 내 마음대로 쓸 때는 가난한 사람들에 대해서 혹은 정의에 대해서 쓸 수 있었는데 현대문학은 내게 관념과 혼돈 그 자체였지요.

그래서 2학년 여름방학 때 좌절해서 서울 집에 왔어요. 문학이라는 게 아무 의미가 없더라고요. 집에 와서 쓰러져 있었어요. 잠만 자고, 아무것도 안 하고 누워 있었어요. 그러던 어느날이었어요. 식구들 다 나가고 혼자 아홉 시쯤 늦게 일어나 마루에 나와 텔레비전을 켰는데 여자들이 철망버스에 실려서 끌려가는 장면이 나오는 거예요. 깜짝 놀랐죠. 그게 1978년 8월에 야당인 신민당사에서 일어난 YH사건이었어요. 가발을 만드는 YH무역에서 사장이 돈을 빼돌리고 미국으로 달아나 공장 문을 닫자 여공들이 문을 열게 해달라고 농성을 한 사건이죠. 그런데 경찰이 이를 무자비하게 진압한 거예요. 그 과정에서 여성노동자 한 사람이 사망까지

했죠.

뉴스를 보던 나는 말로 표현을 못할 감정에 눈물이 났어요. 막 눈물이 나오는 거예요. '이 사회가 정말 뭐가 크게 잘못된 사회구나.' 하는 생각이 순간 들었어요. 내가 문학에만 빠져 있는 사이, 세상은 불의에 휩싸여 있다는 걸 깨달은 거예요. 계속 텔레비전을 켜 놓았는데 어린 여공들이 비참하게 끌려가는 장면은 딱 한 번만 나오고 안 나와요. 박정희 시절이라 언론통제가 되어 자극적인 장면이 사라져 버린 거죠. 그냥 YH여공들 연행되었다는 자막만 떠요. 나는 '이거 싸워야 된다, 신민당사가 있는 마포에 가면 사람들이 구름같이 모여 있을 것이다, 다들 모여서 이게 무슨 짓이냐. 정부에서 어떻게 어린 여공들을 이렇게 무자비하게 잡아갈 수 있냐.' 하면서 '데모할 거니까 나도 가서 데모해야지.' 생각했어요.

그래서 부지런히 버스를 타고 신민당사에 가봤어요. 근데 민간인은 아무도 안 보이고 전경이 한 천 명쯤 깔려 있는 거예요. 데모하러 온 사람은 아무도 없고 전경들만 잔뜩 있으니까 엄청 겁나더라고요. 전 그때 정말 서울 시민들이 엄청 나왔을 줄 알았어요. 현실에 대해 아무것도 몰랐던 거지요. 겁이 나서 그냥 조심조심 걸어서 다음 정류장에서 버스 타고 집에 왔죠.

집에 와서 이제 그런 생각이 든 거예요. '문학은 개나발이다. 문학이 아닌 현실에서 정의를 실천해야 한다.' 하는 생각이 들었어요. 그전에는 사회 문제에 아무 관심이 없어서 신문도 안 봤어요. 그런데 이날 이후 동아일보를 정기구독해서 하숙방에서 읽으면서 박정희 얼굴이나 공화당 사람들이 나오면 사인펜으로 양눈에 검은 띠를 그려서 오려서 벽에 붙여 놓았어요.

매일 같이 신문을 오려 붙이면서 이 사회를 어떻게 바꿔야 하나 고민했어요. 무지한 사람이 정의를 위해 가장 먼저 생각하는 건 테러예요. '아! 박정희를 죽이면 되잖아! 친구들을 모아서 테러단을 만들어서 박정희, 공화당 놈들을 다 쓸어버리면 이 사회가 괜찮아질 것이다.' 이렇게 생각했죠. 물론 이런 생각의 바탕에는 그전부터도 박정희가 독재를 한다는 인식은 깔려 있었어요. 다만 한국의 발전을 위해서는 어느 정도 독재가 필요하다고 생각하며 용인했는데, 여공들이 끌려가고 죽는 것을 보면서 생각이 확 바뀐 거죠.

실제로 테러단도 만들었어요. 친했던 고교동창이며 동네친구들 열맷 명을 모아서 테러단이라고 막 배지도 만들고…. 테러단이 웬 배지? 나중에 경찰조사를 받을 때 경찰이 배지를 보여주는데 엄청 신경 쓰이더라고요. 대충 체육 모임이란 식으로 둘러대기는 했지만.

그런데 정말로 박정희가 죽었죠. YH사건이 나고 두 달여 만에 중앙정보부장 김재규가 총을 쏘아 죽여 버렸죠. 하숙집에서 아침에 마당에 나가보니 모든 하숙생들이 모여서 심각하게 두런대더라고요. 박정희가 죽었다고요. 난 그 말을 듣고 너무 좋아서, 사람들 앞에서는 내색을 못하고 내 방에 들어와 덩실덩실 춤을 추며 웃었어요. 뭐 그렇게 해서 테러단 계획은 필요가 없게 되었죠.

1980년 3월이 됐죠. 개학이 된 거예요. 그때 이제 강원대학교에도 반 박정희 데모하다가 제적된 몇몇 분들이 복학을 했어요. 그 분들이 집회하는 데 껴서 저도 그때부터 민주화운동에 뛰어들었어요. 4월인가 맨날 모여서 공부도 하고 전두환 신군부 물러나라고 데모도 하고 했는데 어느날 제가 꿈에도 그리던 사람이 학교에 찾아왔어요. YH노조의 부위원장이던 권순갑 씨가 춘천을 방문한 거예요. 그분에게서 밤새 이야기를 들으면서 제 인생이 결정되었죠. '그래, 나는 이제부터 노동운동을 하며 살자. 현실이 이 모양인데 방구석에 처박혀 글이나 쓴단 말인가? 글 같은 거 잊어버리고 노동자를 위해 살자.'고 결심했죠.

그러고 한 달도 못 되어 전두환의 신군부가 계엄령을 확대하면서 이에 대항해 광주에서 5·18항쟁이 터졌어요. 제가 마침 서울 집에 와 있던 날 밤에 계엄령이 확대되는 바람에 저는 잡히지 않았는데 함께 학생운동을 하던 이들은 대부분 체포되었죠. 가만히 있으면 안 되잖아요. 그래서 붙잡히지 않고 살아남은 몇몇 대학생들과 함께 서울에서도 데모를 하기로 했어요. 저는 하부라서 자세한 것은 잘 몰랐지만 나중에 알고 보니 모두 모인 학생이 열 명 남짓 했나봐요. 불과 며칠 전까지도 서울역에 20만 명이 시위를 했는데 광주에서 무자비한 학살이 일어나니까 모두 겁을 먹고 숨어

들어 겨우 십여 명만 투쟁하자고 나선 거에요.

우리 선배랑 같이 며칠 동안 반정부 유인물을 거의 3만 장을 등사기로 인쇄했어요. 다른 학생들은 이것을 시내에 뿌렸고. 유인물 내용은 6월 3일인가 종로에서 시위를 하자는 거였어요. 이야기를 다 하자면 복잡한데 저는 유인물 제작까지 하고 고등학교 동창집에 숨어서 화염병을 만들었어요. 동창집에 있던 신나를 박카스병에 담아 심지를 박았는데 실험해보니 화력이 엄청나더라고요. 동창이 겁이 나서 못 하겠다고 해서 그 집을 나올 수밖에 없었죠. 그때 도대체 어디서 잤는지 기억도 안 나요.

시위하기로 한 날, 저녁 6시 되기 훨씬 전부터 시내버스를 타고 종로를 왔다갔다 했어요. 다른 사람들이 먼저 잡히는 바람에 저는 수배가 되어서 버스에서 내려 검문을 당하면 체포될 것 같아서 내리지 못하고 누군가 시위에 나서면 뛰어나가려 한 거죠. 이때 종로에는 무장경찰과 공수부대가 5미터 단위로 도열해 살벌했는데 젊은이들이 헤아릴 수 없이 밀려다니고 있었어요. 처음에는 저 사람들이 다 시위하러 나왔구나 생각하고 얼마나 흥분이 되었는지 몰라요. 그런데 6시가 되어도, 다시 30분이 되고 7시가 되어도 시위는 벌어지지 않았어요. 그 많은 청년들이 데이트를 하거나 아니면 학원에 가려고 종로를 누비고 있었던 거예요. 광주에서 수백 명이 총칼에 맞아 죽고 악마 같은 자들이 권력을 잡았는데도 저 평범한 사람들은 그런 일에 아무 관심도 없이 오로지 일상생활을 하고 있던 거예요.

저도 잔뜩 겁이 나서 혼자서는 시위할 자신도 없고 결국은 아무 것도 못하고 깜깜해질 때까지 버스를 타고 서대문에서 동대문 사이를 오가다가 포기하고 말았죠. 참으로 비참했어요. 혼자서라도 했어야 하는데 겁먹고 차에서 내리지도 않은 내가 부끄럽고 초라했지요.

작가라기보다 선전가

이 일로 나중에 춘천경찰서에 잡혀가서 국군보안대에서 온몸에 평생 병이 나도록 두들겨 맞고 감옥에 갔다가 감옥에서 강제징집 되어 바로 군대에 끌려갔습니다. 제대하고 사회에 나왔는데 그때는 녹화사업이라는 게 있어서 강제징집되었다가 제대하면 경찰과 국군보안대 요원들이 신변을 인수해 낱낱이 감시했어요. 그래서 집에 오자마자 그걸 피해 도망갔어요. 일단 영등포 산업선교회 성문밖교회에서 기숙하면서 구로공단에 노동자로 들어갔죠.

한 일 년쯤 넘게 공장에 다니고 있을 때 엄혹한 시절에 처음으로 노동자복지회라는 노동단체가 만들어졌어요. 김문수하고 몇몇 해고자들이 만든 건데, 거기 갔더니 잡지를 만든다고 잡지에 글을 쓸 수 있으면 써달라고 해요. 그래서 공장에서 하루 동안 일했던 이야기를 쭉 써서 갖다 줬어요. '어느 탁상드릴공의 하루'라는 글인데 나중에 일본 노동단체 기관지에도 번역되어 실렸다고 해요.

글을 갖다줬더니 김문수가 너무 좋아하면서 '너는 앞으로 글을 쓰면 좋겠다. 소설을 써라.' 그러면서 그 글을 실어주고는 저를 돌베개 출판사에 데려가서, 소설을 계약시켜 줬어요. 그때 제가 200만 원짜리 전세 살고 있었는데 70만원이라는 거액을 계약금으로 받게 해줬어요. 박노해도 김문수가 '넌 시를 써라.' 해서 썼고 저도 '소설을 써봐라.' 해서 쓰게 됐죠. 그때만 해도 김문수는 그렇게 열심히 싸웠어요. 이제는 극우보수파로 변신했지만.

출판사에서 내기로 한 게 『파업』이었는데 결국은 그 약속 때문에 처음으로 장편소설을 쓰게 됐던 거죠. 그때 저는, 제가 글을 쓰는 문학가, 작가라기보다 '선전가'라고 생각했어요. 사람들을 조직하거나 선동하는 걸 잘 못하기 때문에 선전물 써내는 일, 선전의 임무로써 소설을 쓰겠다는 생각으로 『파업』을 쓰게 됐던 거죠.

계약을 했지만 당장 쓴 건 아니고 제가 강원대 출신이니까 강원도에서 노동운동을 해야겠다는 생각으로 여러 후배들과 함께 탄광에 내려가서 여러 해 동안 노동운동을 했어요. 고등학교 1학년 때 가보고자 했던 탄광에 마침내 간 거죠. 『파업』을 쓸 때도 계속 탄광에 있었어요. 다른 일로 바쁘니까 시간이 많이 걸렸죠. 여러 해 걸려서 조금 쓰다 말고 또 수배돼 있고 이러면서 썼는데 나중에 1989년에 제가 심각하게 수배가 되는 바람에 아주 서울에 올라와 숨어 살면서 최종 마무리를 지었죠.

『파업』출간 후에는 역시 선배 집에 숨어 살면서『사랑의 조건』도 쓰고. 1989년에서 1991년 사이에 책을 두세 권 썼는데 그야말로 혁명적 열정이 불타오르던 시절이었죠. 사회주의를 선전하는 선전가로 살았어요.

그런데 언제 깨지냐 하면 1992년쯤 되었을 때? 1991년에 소련도 무너지고 동독도 무너지고, 그리고 운동 내부에서는 주체사상파니 남한사회주의노동자동맹이니 하는 잘못된 관념적 극단주의가 횡행하고…. 한 1992년쯤 되니까 또다시 위기가 왔어요. 문학적으로 말하자면 이제 쓸 게 없는 거예요. 사회주의를 지향하며 노동 문제를 써왔는데 사회주의는 다 무너지고 황당한 주사파니 사노맹이 설치고…. 이건 아닌데 그런 생각이 드니까 글을 쓸 수가 없잖아요. 1990년대는 공지영 같은 이들이 쓰는 개인주의 소설들이 등장할 때니까 노동 문제 이런 것들에 대해서 출판사에서도 관심도 없고 출판도 안 해주는 시대가 왔죠.

1993년쯤부터 아예 글을 쓰지 않게 됐어요. 3년여 만에 체포되어 몇 달 감옥살이를 하고 나왔을 무렵부터 글에 관심이 없어졌어요. 그때 다시 문학을 버린 거예요. '나도 평범하게 좀 살아보자. 운동가도, 글 쓰는 작가도 아닌, 평범한 사람으로 살아보자.'는 생각이 들었어요. 평범하게 살면서 평범한 사람들의 감정을 느껴보자는 게 새로운 생의 지침이 되면서 문학은 때려치우고 포클레인을 배웠죠. 포클레인 일을 하면서 시골 내려가 과수원 농사도 짓고 정말 평범하게 살아봤어요. 거의 한 10년 그렇게 살았죠.

그런데 평범하게 살아본 결론이 뭐였냐면 '평범한 건 참 별 볼일 없다.'였어요. 남들은 평범하게 살기도 힘들어 하지만, 제겐 아무 의미도 없는 삶이었어요. 그냥 자기 자신과 가족들 먹고살려고 일하는 것뿐이지, 여기에 무슨 철학이 있나요? 평범한 사람들이 무슨 대단한 진리를 갖고 있는 건 아니더라고요. 그냥 살기 위해 사는 거지. '내가 뭘 발견하겠다고 그렇게 10년씩 젊은 시절을 보냈나?' 이런 생각이 들면서 '다시 글을 쓰자.' 하고 결심했죠.

역사에서 사라져 버린 사람들

다시 글을 쓰는데 어떤 걸 쓸 것인가 고민을 했어요. 지금의 노동 문제를 직접 다룰 능력은 안 됐어요. 10년을 떨어져 있다 보니 전혀 감도 안 잡히고. 당장의 문제에 관심이 가기보다는 근원적인 물음을 해보고 싶었어요. '우리나라 역사 속의 혁명운동들은, 사회를 변혁시키기 위한 노력들은 어떻게 변해왔는가.' 역사에 관심을 갖게 된 거죠.

특히 일제 강점기 때 노동운동했던 사람들 이야기에 관심을 갖고 조사도 하고 공부도 하면서 『경성트로이카』라는 책을 쓰게 됐어요. 그 사람들이 사회주의자라서 썼다기보다는 이 사회를 변혁시키기 위해서 얼마나 희생한 사람들인가에 초점을 맞췄죠.

보수와 진보의 차이를 저는 이렇게 봐요. 진보는 자기를 희생하면서 투쟁하는 사람이고, 보수는 자기 걸 다 지키면서 방어하는 사람이라고 봐요. 그러니까 6·25 때 재향군인회 이런 사람들이 '우리가 조국을 위해 얼마나 희생한 줄 아냐.'고 주장하는데, 고생한 거 맞아요. 그런데 월급 다 받고 했거든요. 월급 안 주면 안 싸울 사람들이죠. 근데 진보들은 돈 한 푼 안 받고, 오히려 자기 재산을 털어가면서 타인을 위해 희생하잖아요? 그러니까 사회주의냐 자본주의냐 이건 둘째 문제라고 봐요. 인간의 발전, 진보, 또 인간평등과 진리를 위해서 희생하는 사람들의 이야기를 그리고 그 사람들이 어떤 고민을 했는지 알아보고 싶어서 일제 강점기 노동운동가들에 대해서 쓰게 됐죠.

그래서 '경성트로이카'라는 노동운동 조직에 대해서 쓰게 되었는데, 여기에서 활동하던 이들의 이야기를 쓰다보니까 이 사람들이 다 잊힌 사람들이란 것을 알게 되었어요. 그 당시에 사회에서 유명했고, 조국의 해방을 위해 열심히 싸운 사람들인데, 애국자들인데, 전부 기억을 못 한다, 제대로 된 기록이 없다는 걸 알게 됐어요. 남한엔 그래도 연구자들이 있어서 자료들이 발굴되었지만, 북한에서는 아예 존재가 사라진 사람들이더라고요.

북한에서 김일성대학교 역사학자들이 서울에 온다고 해서, 경성트로이카 핵심 몇이 북한에 올라갔으니 그 뒷얘기를 아는지 알아보려고 지가 아는 교수를 통해서 이분들 이름을 적어 물어보게 한 적이 있어요. 그런데 북한에서 온 사람들은 경성트로이카를 비롯해 그 치열한 항일투사들에 대해 전혀 모르더래요. 배운 적이 없는 거예요. 유일하게 아는 게 '박헌영은 미제의 간첩이다. 나쁜 놈이다.' 뿐이에요. 박헌영이 미국의 간첩이란 건 말도 안 되는 소리인데 말이죠. 역사에 대해 완전히 왜곡되게 배운 거예요, 북한 사람들은. 그래서 이 사람들을 제대로 그려내자는 사명감을 더 갖게 되어 이현상 평전도 쓰고 박헌영 평전도 썼지요. 6, 7년 정도 된 것 같은데 지금도 그 작업을 하고 있습니다.

1930년대 초반에 국내에서 독립운동을 하다가 사상범으로 구속된 사람이 한 해에 3, 4천 명 정도였어요. 3년 동안 만 명이 넘으니까 엄청 많은 거죠. 그리고 중국 연안에서 중국공산당 산하 팔로군과 함께 일본군과 무장투쟁을 한 조선의용군의 숫자가 2천명은 돼요. 그런데 지금, 이런 내용들은 거의 사라지고 없어요. 사회주의가 독립운동의 주류가 된 1925년도 이후의 독립운동사는 교과서에 거의 기록되어 있지 않아요. 중국에서 싸웠던 조선의용군 가운데 죽은 이가 3백 명이 넘고, 국내에서 고문치사한 조선공산당 관련자가 백 명이 훨씬 넘어요. 국내에는 2만 명·이상의 항일지사들이 있었고, 또 만주에도 있었죠. 이게 말하자면 진짜 독립운동가, 진보 세력이었어요. 지금 우리나라 역사에서 거의 흔적을 찾을 수 없고, 북한의 역사에서는 아예 말소되버린 사람들.

우리나라 항일역사에서 가장 중요하게 기록되는 건 상해 임시

정부죠. 임시정부는 무정부주의자인 이회영의 기록에 이렇게 남겨져 있어요. '백여 명의 늙은이들의 조직'이라고요. 한 일이라고는 이봉창, 윤봉길 사건 두세 건 정도? 다음으로 기록되는 게 미국의 이승만이죠. 이승만 이 사람은 정말 거의 협잡꾼 수준의 정치꾼이에요. 임시정부나 이승만이나 외교만 하려 했지 정말 싸움은 안 했어요. 물론 임시정부나 이승만의 생각이 전부 틀린 것만은 아니지만, 제대로 하지 않은 것만은 틀림없어요. 실제로 임시정부의 군대였던 광복군은 광복이 되는 그날까지 일본군을 향해 총 한 방 쏘지 않았어요. 연안에서 2천여 조선의용군이 목숨 걸고 싸우고 있었지만, 이들은 해방되는 그날까지 총싸움 한 번 한 적이 없었어요.

그런데 국내의 2만 명에 이르던 항일투사들, 중국에서 싸우던 2천 명의 무장병력, 다 잊혀지고 숨겨진 거지요. 노무현 대통령이 되고 나서 조금씩 독립유공자에 사회주의자도 올라가면서 복권되기 시작했지만, 그건 대개 유명한 사람들의 경우고 대부분은 증거자료도 없고 자료가 있다 해도 해방 후에 공산주의 활동을 했다는 이유로 유공자 인정을 거부당하고 있어요.

이중에도 가장 불행한 것은 국내에서 활동하던 사회주의자들이었어요. 제가 알기로 이들 중 만 명 이상은 해방 얼마 후 월북했어요. 남한에서 공산주의자라고 혹독하게 탄압을 하니까 어쩔 수 없이 올라간 거죠. 그런데 북한 정권은 이들을 보살피기는커녕 다시 빨치산 아니면 간첩으로 훈련해 남한으로 내려 보내 죽게 만들었어요. 북한에 남은 남한 출신들 역시 대부분 숙청되었고요. 조선의용군 출신도 대부분 숙청당하거나 6·25전쟁 때 남한으로 내려왔다가 죽지요.

이렇게 해서, 가장 중요하고 컸던 항일운동 세력이던 국내 공산주의자들과 조선의용군에 대한 기록이 남한에도 북한에도 사라지게 된 거예요. 남한에서는 그래도 학문의 자유가 있으니까 옛 기록들을 뒤져보고 발표할 수도 있고, 저처럼 책으로 쓸 수도 있어요. 그러나 북한은 아마도 기록 자체를 없애는 거 같아요. 최고 엘리트라 불리는 김일성대학교 교수들이 그처럼 무식한 것을 보면 말이죠.

제가 결과적으로는 사회주의자들을 그린 것이 됐는데, 꼭 사회주의자만 쓰겠다는 기준을 갖고 쓰는 건 아니에요. 근본적으로 타인을 위해 자기를 희생한 사람들, 사라진 사람들을 되살리려는 게 제 목표지요. 그래서 설사 민족주의자라 하더라도 김원봉 같은 분은 제가 꼭 써보고 싶은 훌륭한 사람이라고 봐요. 그런데 김원봉은 기왕에 여러 평전이며 전기류가 나와 있어서 굳이 제가 쓰지 않아도 될 것 같아요. 사회민주주의자였던 조봉암 같은 분도 언젠가 써야 되지 않겠나 싶어요. 그 양반의 노선에 대해 깊이 있게 고민해본다는 의미도 있고, 남북에서 배척받은 좋은 사람들에 대해 쓴다는 의미에서도 말이죠. 일제시대 최고의 소설가로 월북한 후

숙청되어 비참하게 죽은 이태준에 대해서도 쓰고 싶습니다. 지금은 일단 보류해두었는데 언젠가는 꼭 써야 할 것 같고요. 이런 고민들을 하고 있습니다. 이상입니다. 감사합니다.

(도서출판 『작은책』 특집 강좌, 2011년 10월)

성국이 삼촌

요즘 어느 농촌에 가나 큼직하게 친환경농업이라는 간판을 세워 놓고 오리농법으로 벼를 키우는 논들을 볼 수가 있는데, 논에 오리를 풀어 풀과 벌레를 잡아먹게 하는 무농약농사법이 예전부터 있어 왔다는 사실을 아는 사람은 많지 않을 것이다.

지금부터 40년 전. 경기도 용인의 산골짝 다락논 사백 평과 비슷한 크기의 비알밭이 농토의 전부였던 우리 부모님은 누가 가르쳐주지 않았어도 열두 마리의 오리를 논에 풀어 김매기와 농약치기의 품을 덜었다. 논은 도랑 건너 바로 집 앞에 있었는데, 따로 오리집을 만들거나 그물망으로 논둑을 막아놓지 않아도 오리들은 신기하게도 우리 논에만 들어가 풀과 벌레를 잡아먹다가 저녁이면 집으로 돌아왔다.

덕분에 부모님은 논에 들어갈 일은 거의 없이, 갓 낳은 막냇동생까지 네 명이나 되는 아이들을 데리고 산속에 있는 시원한 밭에서 온종일 놀이 삼아 고구마 덤불과 고추밭의 풀을 뽑고 나무 때서 밥도 해먹으며 여름철을 보낼 수 있었다. 산중이라 뱀들이 자주 기어 나왔는데 아버지는 능숙한 솜씨로 잡아 모닥불에 구워 네 아이들에게 골고루 나눠주었다.

가끔은 흰 산양을 끌고 가 풀을 뜯어 먹도록 묶어 놓았다가 젖통이 통통해질 즈음에 젖을 짜서 그 자리에서 나눠 마시기도 했다. 아버지가 젖통을 살살 비벼주다가 발그레하니 길쭉한 젖꼭지에 네 손가락을 걸어 누르면 뽀얀 젖이 뿜어져 나와 양은그릇을 금방 가득 채웠다. 그 자리에서 마셔도 맛있지만, 살짝 끓여주면 연한 치즈와 같은 하얀 막이 표면에 떠올라 고소한 별미가 되었다.

**

겨울에는 두 칸뿐인 방의 한 칸을 비워 병아리를 부화시켰다. 방 안의 물도 꽁꽁 얼어 버리는 엄동설한에도 암탉이 병아리들을 부화하는 방에는 눅눅하고도 포근한 습기가 가득하여 우리 형제들은 살그머니 방문을 열고 병아리들을 들여다보는 일로 긴 겨울밤을 보내곤 했다. 매일 태어나는 샛노란 병아리들은 이내 윗방을 가득 채워 온통 노란 물결을 이뤘고, 삐악거리는 병아리 소리가 밤낮으로 귀를 간질였다. 병아리는 얼마 지나지 않아 삼백 마리가 넘어섰고 이제는 안방까지 밀고 들어오고 닭똥 냄새로 집 안이 엉망이 되어 버렸지만 아버지는 우리들에게 장차 닭과 오리와 양을 키워 부자가 되리라 기분 좋게 이야기를 해주시곤 했다.

온갖 가축이 뛰어노는 농장 주인이 되겠다던 아버지의 꿈은 병아리들이 원인도 알 수 없이 떼로 죽어가면서 깨지기 시작했다. 그 많던 노란 병아리들이 거의 다 죽어버리고 겨우 남은 열댓 마리조차도 마을 청년들이 한 마리씩 훔쳐 가는 바람에 얼마 안 가 원래 그대로 서너 마리 암탉만 남고 말았다. 아직 새마을운동이 시작되기 전이어서인가, 마을 청년들은 밤마다 모여 화투를 쳤고 벌칙으로 우리 집 닭들을 서리해 잡아먹었던 것이다.

오리들도 청년들의 서리 등쌀에 하나씩 없어지기 시작하더니 오소리로 짐작되는 산짐승까지 나타나 앙상한 뼈와 깃털만 남기고 사라졌다. 어느날 화가 난 아버지는 남은 오리를 몽땅 잡아 버렸는데, 고기를 어떻게 했는가는 모르겠다. 사실인즉 그 무렵 아버지도 동네 화투판에 단골로 드나들고 있었고 동네 청장년이래야 날 때부터 함께 자란 사이들이니 공범이 아니었을까 하는 혐의를 지울 수 없다.

산양마저 사라진 것은 양들의 어리석음 때문이었다. 우리는 산양을 그냥 양이라 불렀는데, 이 양이란 짐승은 잠시만 한눈팔면 제 스스로 목을 매고 죽는 어리석은 녀석들이었다. 어느날 아버지가 밭 가장이 나무에 어미 양을 묶어 놓았는데 나무를 뱅뱅 돌다가 목줄이 짧아지는 바람에 목이 졸려 죽어 버리고 말았다. 죽은 양의 고기는 노린내가 나서 먹을 수도 없었다. 어린 새끼들을 어떻게 했는지는 기억나지 않지만, 어느날부터인가 우리 집에는 더 이상 산양의 울음소리가 들리지 않게 되었다.

**

앞 이야기가 길어졌는데, 본래 하고 싶었던 이야기는 가난한 우리 가족에게 농장의 꿈을 갖게 해주었던 사람에 대해서다. 개도 키우지 않던 우리 집에 처음으로 오리와 산양과 암탉을 가져다준 사람은 군포 외가에 사는 작은 외삼촌, 엄마의 사촌동생인 성국이 삼촌이었다.

군포와 용인은 백 리 길이 넘는 데다 당시는 신작로라 불리던 비포장 흙길이어서 자전거를 타기에 무척 힘들었을 텐데 성국이 삼촌은 짐받이에 오리며 산양을 담은 상자를 묶고, 그 먼 길을 용케도 달려왔다. 외가는 잘사는 편이어서 짐승들 말고도 쌀이며 과일들을 싣고 오기도 했기 때문에 외삼촌이 뽀얗게 먼지를 뒤집어쓴 채 자전거를 끌고 나타나는 날이면 우리 집은 갑자기 부자가 된 느낌이었다. 삼촌의 자전거에서는 끝도 없이 먹을거리와 짐승들이 나왔다.

농사를 짓느라 까맣게 탄 데다 깡마른 몸에 군살이라곤 없이 근육질로 탱탱한 성국이 삼촌은 큰 눈이 서글서글하고 음성도 무척 좋았다. 그 무더운 날 삼촌이 마루턱에 앉아 우리 부모님과 웃고 떠드는 모습을 보는 것만도 즐거웠다. 타고나기를 선량하고 부지런했던 사람이라 짐만 부려놓고는 부지런히 그 먼 길을 돌아갔다. 외삼촌이 아무것도 실리지 않은 빈 짐자전거를 타고 먼지를 날리며 멀어져 가던 모습이 아련하다.

농장의 꿈을 접을 무렵, 아버지는 마침 철도청에 말단 페인트공으로 취직이 되었다. 우리 가족은 아궁이 연기와 흙먼지에 찌든 궁색한 살림을 싸 들고 이농 대열에 합류했다. 그러나 가난은 서울에서도 우리를 기다리고 있었다. 평당 14원인가를 받고 시골 땅과 집을 모두 팔아 마련한 서울 집이란 게 상도동 산동네 빈민굴의 열세 평짜리 오두막이었다. 아버지가 받는 월급 칠천 원으로는 생계를 유지하기도 힘들었다. 어머니는 계란이니 화장품이니 닥치는대로 머리에 이고 팔러 다니는 행상이 되었다.

성국이 삼촌의 짐자전거는 이때도 우리 형제들의 기다림 속에 다시 백 리 길을 달려왔다. 외할머니가 농사지은 참외와 수박부터 쌀과 보리, 오이며 감자, 호박 같은 채소까지 짐칸 가득 채운 자전거가 오는 날이면 우리들은 잔칫날처럼 신났다. 먹을거리만큼 좋았던 것은 외삼촌의 그윽한 음성과 웃음소리였다. 그 단단한 근육으로 조카들을 하나는 안고 하나는 등에 지고 목말까지 태우며 놀아주는 외삼촌이 그렇게 좋을 수가 없었다.

**

　여러 외삼촌 중에서도 유독 친했던 이 성국이 삼촌이 갑자기 우리 가족과 멀어진 것은 베트남전 때문이었다. 맹호부대 탱크병으로 입대한 삼촌은 베트남에 파병되었고, 제대한 후에는 갑자기 독실한 기독교 신자가 되어 전도를 한다며 전국을 떠돌기 시작했다. 일주일에 나흘은 공사장에서 막노동을 하고 나머지 시간에는 아무 단체에도 소속되지 않은 전도사로서 자기 돈으로 산 성경책과 성가집을 나눠주러 다니는 사람이 된 것이다. 저절로 집안 식구들과는 멀어질 수밖에 없었다.

　집안 사람들은 성국이 삼촌의 기이한 변화가 베트남전에서 얻은 전쟁 후유증이 아닐까, 나중에서야 추측하게 되었다. 최전방 밀림에 배치되어 전투를 하는 과정에서 정신적으로 심각한 후유증을 얻게 되었고 그것이 그를 거의 광적인 종교인으로 만들었다고들 생각하게 되었다.

　더욱이 전투 중에 고엽제를 비처럼 맞았던 그는 제대 후부터 시름시름 앓기 시작했고 결혼해 낳은 두 아들은 태어날 때부터 기형이었다. 결국 삼촌은 오십을 갓 넘긴 나이에 사망하고 말았다. 수없이 병원에 드나들었으나 의사들은 병명조차 밝히지 못했고, 고엽제에 대해 알려지지 않았던 때라 가족들도 고엽제 피해라는 사실을 전혀 몰랐다.

놀라운 것은 삼촌의 장례식이었다. 전세방 한 칸 없어 남의 집에 얹혀 살던 노동자의 장례식에 적어도 오백 명이 넘는 문상객이 몰려왔던 것이다. 손님 맞을 공간도 없고 대접할 밥그릇도 없어 사람들은 자기 돈으로 밥을 사 먹어 가며 차 속에서 밤을 지새웠다. 장지로 가는 차량 행렬이 얼마나 길었는지 경찰차들이 동원되어 교통정리를 해야만 했다. 모두들 평소 삼촌으로부터 전도를 받았거나 마음의 위로를 받았던 사람들이었다. 가난한 누이와 조카들을 위해 흙먼지 날리는 백 리 길을 달려오던, 서울의 복잡하고 위험한 백 리 길도 마다 않고 짐자전거를 달리던 그의 마음이 누구에겐들 다름이 있었으랴.

**

삼촌이 돌아가시고도 십여 년이 지나서야 나는 『황금이삭』이라는 장편소설로 그의 이야기를 썼다. 삼촌이 우리 집까지 달려온 이야기보다는 베트남전의 참상과 그로 인해 고통 받은 한국군들의 생애를 다루고 싶었다. 오늘의 부와 평화를 이룩한 밑바탕이 되었던 황금이삭과도 같은 사람들의 이야기를 하고 싶었다.

어제는 또 다른 인물의 이야기를 탈고했다. 일제하 서울에서 혁명적 노동운동을 통해 항일운동을 벌였던 이관술의 생애를 그린 장편 다큐멘터리다. 경북 울산의 삼백 석지기 지주의 맏아들로 태어나 일본 동경고등사범학교를 나와 동덕여고 교사를 하다가 민족해방운동에 뛰어든 그는 일제 강점기 동안 두 번에 걸친 5년간의 감옥살이와 8년여의 도피생활로 젊음을 불사른 인물이다. 이를 위해 재산을 하나씩 팔아 자금으로 써 버렸고 일제의 마지막 날까지도 변절하지 않고 싸웠으나 해방 후 불과 8개월 만에 정판사위조지폐사건의 주모자로 체포되어 처형당한 불운의 혁명가이다.

이관술의 일대기를 재구성하는 동안, 자꾸만 돌아가신 외삼촌이 떠오른 것은 왜일까? 외삼촌은 공산주의를 막기 위해 몸을 바친 사람이고, 이관술은 거꾸로 공산주의 활동을 하다가 위폐범이라는 오명을 쓰고 죽었으니 전혀 다른 인생을 살았는데, 마지막 부분을 쓰는 내내 나는 외삼촌을 떠올렸다. 자전거 때문이었다.

일제 말기 엄혹한 상황에서 이관술은 나의 외삼촌이 타고 다녔던 것과 같은 검정색 커다란 짐자전거로 전국을 누비고 다녔다. 기차와 버스는 왜경의 검문검색이 심했을 뿐더러 여행 경비를 아끼기 위해 자전거에 항일유인물을 싣고 남으로는 대구, 마산까지, 북으로는 함흥, 청진까지 달려갔다. 넝마주이, 엿장사로 위장해 폐품이 가득 담긴 자전거 짐칸 깊숙이 유인물을 숨긴 채 곳곳에서 활동하는 동지들에게 이를 전달하기 위해 몇 날 며칠 흙먼지 날리는 신작로를 달렸다. 한 번 자전거를 타고 나갔다가 돌아올 때면 온몸에는 먼지를 뒤집어쓰고 옷은 남루하여 차마 볼 수가 없었다고 동생 이순금의 수기는 전한다.

해방 직후 이관술을 잘 알았던 사람들의 증언은 더욱 외삼촌의 추억을 떠올리게 한다. 자전거를 타고 천 리 길을 누비고 다녔던 이관술의 얼굴은 새까맣게 탔고, 근육질만 남은 몸은 강철처럼 단단했다고 한다. 짐자전거를 끌고 다니던 부지런한 사람들의 일반적인 모습인가? 양팔에 조카들을 하나씩 매달고 번쩍 들어 올려 보이던 외삼촌은 세상에서 가장 힘센 사람이었다. 때로는 야구공이라도 들어 있는 듯 탱탱하게 튀어나온 알통을 보여주며 만져보라고 하기도 했다. 지금도 핏줄이 탱탱하던 그 알통의 탄력이 느껴지는 듯하다.

공산주의를 막기 위해 그들보다 더 잔인한 짓을 해야만 했던, 그리고 그 후유증으로 평생을 괴로워하다가 죽어간 외삼촌. 그의 고통이 오늘 우리가 누리는 자유의 씨앗이 되었지만 아무도 그 이름을 기억해주지 않는 성국이 삼촌.

또한 인권과 민족해방을 위해 공산주의라는 극약 처방을 받아들이고, 결국은 그 때문에 죽어야 했던 이관술. 그와 같은 이들의 노력이 오늘날 인권주의의 기초가 되었다는 사실조차 인정받지 못한 채 역사의 미아가 된 혁명가.

두 사람은 서로 전혀 다른 것 같지만 하나로 보인다. 최소한 자기 이익을 위해서만 살지는 않았다는 점이 같고, 동포의 행복을 위해 자신의 인생을 아무렇지 않게 버렸다는 점이 같다. 그리고 검정색 짐자전거를 타고 다녔다는 점이 같다.

한때 청계피복노동조합에서 일한 적도 있던 나는 또 다른 짐자전거의 달인들을 알고 있다. 열넷, 혹은 열다섯 어린 나이에 홀로 상경해 영세한 피복공장에 취직했던 1970년대 남성 노동자들이다. 자정 넘어 한두 시까지 일하고 차가운 공장 바닥에서, 재단판 위에서 새우잠을 자다가 꼭두새벽에 일어나 어른도 타기 힘든 짐자전거에 제품을 가득 싣고 배달을 다녀야 했던 이들이다. 능숙한 이는 뒤에서는 운전자가 보이지 않을 만큼 잔뜩 제품을 실은 위에 배달하는 꼬마까지 태우고 다녔기 때문에 당시 경찰은 오토바이보다 위험한 자전거 배달꾼들을 단속하느라 바빴다고 한다. 이들은 타인을 위해 고생했던 것은 아니다. 자기 자신이 살기 위해 일했을 뿐이다. 그러나 이들의 희생은 곧바로 이 나라 경제발전의 토대가 되었고 결과적으로 모두를 위해 일한 셈이 되었다.

안쓰러운 것은 짐자전거 하나로 청계천을 누비던 이들 노동자들의 오늘이 예전보다 나을 게 없다는 점이다. 개중에는 스스로 업체를 차려 한때나마 돈을 번 사람도 있지만, 의류산업이 사양화되면서 모은 재산 다 날리고 오히려 옛날보다 더 어려운 신용불량자가 된 사람을 나는 여럿 알고 있다. 가내공장을 하든 남 밑에서 일하든 벌이도 십 년 전보다 더 나빠져 노조를 만들어 사람답게 살고자 싸웠던 시절이 무색하기만 하다. 이들의 피와 땀이 밑거름이 되어 이룩한 세계 10대 경제대국의 열매는 누가 다 따먹었을까?

오늘의 한국을 이룩한 부와 자유와 인권의 밑거름이 되었던 외삼촌과 이관술과 청계천 노동자들의 또 다른 공통점은 불행하게 죽었거나 지금도 힘들게 살고 있다는 점이다. 날리는 흙먼지와 차량의 매연을 헤치고 무거운 페달을 밟으며 내일을 꿈꾸었던 그들의 진심을 알아주고 기억해주는 사람도 거의 없다. 하기야 그들이 어떤 명예를 바라고 페달을 밟았겠는가. 역사의 대지 위에 뿌려진 한 알의 씨앗이 되고자 했을 뿐이지. 그리고 나는 작가의 인생이 끝나는 날까지 사라진 황금이삭들의 이야기를 발굴할 뿐이다. 한 알의 이삭이 어찌 바람을 탓하겠는가?

『자전거가 있는 풍경』, 2007년)

여행도 친구도 없는 나라

과거 운동권이었거나 현재도 민주화운동이나 노동운동을 계속하는 사람들 사이에서, 혹은 단순한 민주주의 세력들, 야당에서조차 북한에 관한 이야기는 금기처럼 되어 있다. 북한의 정치체제나 경제체제에 대해 비판하거나 혹은 탈북자들에 대한 북송을 반대하는 발언을 하면 곧바로 비난이 쏟아진다. 왜 우익들이 하는 것과 같은 행동을 하느냐는 이유다.

심지어 진보정당의 대표가 북한은 다른 나라이니 그 나라 문제에 대해 비판하는 것은 내정간섭이라고 방어하기까지 한다. 항상 우리 민족은 하나라고 주장하던 사람들이 북한에 대해 비판을 하려하면 독자적인 나라인데 왜 간섭하느냐고 막는다. 개중에는 현재의 북한 체제를 절대적으로 옹호하고 경제 문제에 대해서도 남한 수구언론의 거짓보도라고 하는 사람들까지 있다.

북한을 스탈린주의의 봉건독재국가라고 맹렬히 비난하는 이들도 없지는 않다. 이들은 북한이 옛 소련과 마찬가지로 원론적인 사회주의와는 전혀 동떨어진, 이름만 빌린 사이비 사회주의 국가라고 비난한다. 민주주의와 생산력의 비약적인 발전이라는 토대 위에 보다 자유롭고 평등한 세상을 만들고자 했던 사회주의 이념과는 전혀 다른 북한의 현실은 이들의 주장을 뒷받침한다. 그러나 보통사람들은 북한이 자청하는 사회주의 자체를 혐오하는 탓에 이들의 주장 따위는 무시해 버린다. 친북적인 사람들은 더 말할 나위도 없다.

이들 원론적 좌파를 제외한, 과거 한때나마 사회주의자였거나 그에 호의적이던 사람들은 북한을 사회주의의 한 형태로 보기 때문에 은연중 옹호를 한다. 민족주의자들은 통일을 위해서는 북한 정권과 사이가 좋아야 한다며 북한에 대한 비판을 거부한다. 북한에 대해 내면적으로 비판적인 사람들조차도, 북한에 대해 비판을 하면 우익들과 같이 취급되는 게 싫어서 입을 다문다. 그런데 이렇게 입을 다물고 있는 좌파 전체를 북한을 용인하고 지지하는 친북 세력이라고 생각하고 비난한다.

나 역시 해방 직후 김일성의 집권과정에서 생긴 문제들에 대해서는 책을 통해 지적하곤 했지만, 북한의 현실에 대해서는 어떤 공식적 비판도 한 적이 없었다. 다수 운동권들로부터 보수적이 되었다는 비난을 자초하고 싶지도 않았지만, 북한의 정치와 경제가 정말 어떤 문제를 가지고 있는지, 구체적이고 실증적으로 검증해 본 적이 없기 때문이기도 했다.

그래서 이번에 일부러 북한에서 탈출해 나온 주민을 만나보기로 했다. 찾는 과정은 어렵지 않았다. 국내에는 여러 개의 탈북자 인터넷 사이트가 있고, 그곳으로 전화를 하니 쉽게 연결이 되었다. 신원을 공개적으로 밝히지 않는 조건으로 인터뷰를 했다.

여러 인터뷰 대상 중 맨 먼저 연락이 닿은 사람은 2003년 탈북한 후 역시 탈북자인 아내를 만나 두 남매를 낳고 사는 함경도 출신의 30대 젊은이였다. 본인의 안전을 위해 본명 대신 박 선생으로만 부르기로 했는데 현재 한 중견 문구회사의 직원으로 일하고 있었다.

2011년 6월, 박 선생의 집을 방문했다. 그의 집은 서울 개포동에 있는 한 임대아파트였는데 두 아이들과 아내가 고급 레고놀이를 하고 있는 거실에는 평면 티브이와 대형냉장고, 정수기 같은 기본 가구들이 다 갖춰져 남부럽지 않게 산다는 느낌을 주었다. 탈북자라는 느낌을 주는 것은 부부가 모두 키가 작고 뼈대가 가늘다는 점이었다. 그래도 근래에 잘 먹은 탓인지 그다지 마르지는 않았다. 남한에서 태어난 아이들은 다른 아이들과 다름없이 통통하고 건강해 보였다.

"집이 깨끗하고 좋습니다. 정부에서 준 건가요?"

"네. 정부에서 준 임대아파트입니다. 제가 탈북할 때만 해도 바로 집을 제공해주었는데 요즘은 탈북자가 2만 명이 넘는 데다 임대아파트가 부족해서 많이 기다려야 받을 수 있습니다. 제 조카도 탈북해 내려왔는데 집을 못 받아 이 집에서 일 년 반 살다가 집을 받아 나갔습니다."

"탈북자 숫자가 상당히 많네요."

"요즘은 중국에서 워낙 강력하게 단속해 붙잡아서 북에 보내기 때문에 숫자가 많이 줄었다고 합니다."

인사를 나눈 후 본격적인 질문에 들어갔다.

"남한에 와보니 좋은 점은 어떤 게 있습니까?"

"좋은 점이야 너무 많습니다. 북에서는 먹을 걱정, 입을 걱정 많이 했는데 남한에 와보니 우선 그런 걱정이 없어서 좋습니다. 또 옳든 그르든 자신의 생각을 표현할 수 있는 자유라는 게 있어서 좋습니다. 북에서는 김정일이라고 존칭 안 붙이고 말했다가는 바로 정치범이 됩니다."

"그중에서도 좋은 점이 있다면?"

박 선생은 단연 여행의 자유를 먼저 꼽는다.

"북에서는 여행이라는 걸 몰랐습니다. 여기서는 여행을 가고 싶으면 언제든지 갈 수 있어서 좋습니다. 북에서는 여행이라는 건 생각을 못하고 살았습니다. 늘 먹을 걱정, 입을 걱정만 했습니다. 여행을 가고 싶어도 가기가 힘듭니다. 어디 친척집에 일이 생겨서

가려면 여행증을 발급받아야 하거든요. 나라와 나라 사이에 받는 비자를 북한에서는 마을 단위로 받아야 하는 셈입니다."

반공교육으로만 듣던 여행증이라는 게 아직도 있다는 건 나도 몰랐다.

"여행증이라는 게 정말 있군요? 그런데 탈북할 때 여행증을 못 받았을 텐데 어떻게 빠져나왔습니까?"

"여행증을 발급해주지 않으니까 그냥 무조건 기차를 타는 겁니다. 단속하면 돈이나 물건을 주고 먹을 것을 구하러 가는 길이니 봐달라고 합니다. 내가 살 때만 해도 하루에 한두 번밖에 없는 기차에 지붕까지 사람이 꽉 올라타고 다녔습니다. 그런데 요즘은 좌석제가 되어서 그것도 어려워졌습니다."

"전에는 기차에 유리창이 하나도 없었는데 요즘은 유리창도 달고 좌석제로 앉은 사람만 다닐 수 있다던데 좋아진 것 아닌가요?"

"아닙니다. 좌석제로 해서 여행증 없는 사람은 무조건 내쫓기 때문에 이제는 이동이 더 어려워진 겁니다. 여행증을 받으려면 이유도 맞아야 하고 뇌물도 줘야 합니다."

정보통제에 대해서는 익히 듣고 있었다. 이에 대해 물었다.

"티브이나 라디오 수신도 통제한다던데 정말입니까?"

"북한에는 라디오 방송도 텔레비전 방송도 딱 한 개씩뿐입니다. 조선중앙방송 하납니다. 라디오란 것도 여기서 생각하는 그런 오디오가 아니라 그냥 스피커를 말합니다."

"스피커라니요?"

"다이얼을 돌려서 방송을 선택하는 게 아니라 그냥 스피커가 있어서 유선으로 마을에 들어오는 방송선에 연결해서 듣는 겁니다. 하루종일 체제 찬양 방송을 하는 것만 들어야 합니다."

마을마다 회관 앞에 라디오 스피커 하나가 걸려 있던 우리나라 1960년대 같다.

"아, 그렇군요. 그래도 텔레비전은 채널이 있어야 할 텐데요?"

"티브이란 것도 1970년대에 북에서 만든 대동강 티브이가 있는데 채널이 조선중앙방송으로 고정되어 있어서 다른 나라 방송은 볼 수 없습니다. 나중에 중국에서 티브이와 라디오가 들어오기 시작하면서 당국에서 담당이 있어서 티브이와 라디오 채널을 납땜으로 고정시켰습니다. 그리고 한두 달에 한 번씩 검사를 나와서 납땜이 풀렸으면 정치범 수용소로 끌고 갑니다. 안 끌려가려면 뇌물을 줘야지요. 중국에서 라디오가 많이 들어오면서 한밤중에는 남한 방송을 듣기도 하는데 걸렸다가는 뇌물도 소용없이 수용소로 끌려가야 합니다."

"다른 공산주의 국가인 중국이나 베트남에는 여행의 자유와 방송수신의 자유가 있잖아요?"

"제가 중국과 베트남을 거쳐 한국에 들어왔는데 정말 표만 끊으면 기차를 탈 수 있고 외국도 마음대로 드나드는 걸 보고 놀랐습니다. 북한은 사회주의도 아니구나 하는 생각이 들었습니다."

정말 북한은 사회주의가 아니다. 나루터나 역마다 검문을 해서 백성들의 이동을 통제했던 봉건왕조시대나 똑같다. 왕조시대에도 모든 토지는 개인소유가 아니라 왕의 소유, 즉 국가의 소유였다. 모든 광산과 대장간 같은 공장도 역시 국가소유였다. 단지 토지와 생산수단을 국가가 소유하고 있다고 해서, 주민의 이동을 통제한 다고 해서 사회주의라고 생각한다면 큰 오산이다. 더구나 지도자를 신격화하기까지 한다면 그것은 왕조시대의 특징이다. 북한이 자신을 사회주의라고 생각한다면 대단한 착각이다. 북한은 사회 주의라는 좌측 깜빡이를 켜고 우측인 왕조시대로 돌아간 기형적 인 체제에 불과하다.

"북한에서 중국이나 베트남 같은 나라에 대해 교육받지 않았습니까?"

"완전히 거짓말로 배웠습니다. 예를 들어 북에서는 캄보디아 같은 나라가 먹을 것도 없고 입을 것도 없는 거지 같은 나라라고 배웠습니다. 우리만 못사는 게 아니라, 다른 나라들은 우리보다 훨씬 못산다고 배운 거죠. 그런데 탈북 과정에서 그 나라에 가보니 너무나 자유롭고 밝게 살아가는 데다 먹고 자는 것 걱정이 없는 걸 보고 크게 충격을 받았습니다. 북에서는 오로지 아침 먹으면 점심 걱정, 점심 먹으면 저녁 걱정이었습니다."

"먹을 것을 정부에서 공급하는 배급제라고 들었는데요? 배급이 안 됩니까?"

"중학생까지는 하루에 5백 그램, 성인은 7백 그램이고 탄광 같은 고된 노동자에게는 9백 그램을 보름 단위로 배급하게 되어 있습니다. 그나마 세금이니 국방성금이니 해서 이것저것 빼면 성인에게 하루 5백 그램을 주게 됩니다. 그것도 쌀이 아니라 옥수수나 고구마 같은 걸로 나오는 게 대부분이니 그걸 먹고 버티기란 정말 어렵습니다."

"고기라든가 생선, 야채 같은 부식도 줘야 할 것 아닙니까?"

내 말에 박 선생은 어이없다는 듯이 단언한다.

"그런 건 전혀 없습니다. 그런 건 월급으로 사 먹거나 텃밭에서 키워서 먹어야 하는데 그것도 쉽지가 않습니다. 저 같은 경우는 탈북하기 전에 오 년 동안 기계공장에 다녔는데 매일 출근만 하였지 일을 하나도 못했습니다. 원자재도 없고 기계도 없고 돌릴 전기도 없으니까요. 그래서 월급도 한 푼도 받지 못했습니다. 고기니 생선은 꿈같은 이야기입니다."

"월급을 받지 못했다고요?"

"받지 못한 정도가 아니라 오히려 돈을 내야 했습니다. 당비니 청년회비 같은 것을 내라고 합니다. 공장 다니며 오히려 빚만 진 겁니다. 텃밭도 있었는데 권력을 가진 사람이 우리 텃밭에 집을 지어버려서 그것도 빼앗겼습니다. 북한에는 개인 땅이 없으니까 우리 밭에 남이 집을 지어도 할 말이 없습니다. 대신 우리는 근처 산을 개간해 밭을 만들었는데 첫해에는 옥수수를 수확하도록 그

냥 내버려 두더니 다음해에는 국가 땅이니 내놓으라고 해서 그것
도 고스란히 뺏기고 말았습니다."

황당한 이야기들이다.

"김일성, 김정일 생일날은 고기가 배급된다고 들었는데요?"

"공식적으로 모든 사람에게 고기를 나눠주는 일은 없습니다.
다만, 큰 공장 다니는 사람들은 회사 차원에서 1인당 2백 그램 정
도씩 고기를 받기도 합니다. 2백 그램이면 남한의 식당에서 1인분
정도 하는 건데, 그 고기로 네다섯 식구가 먹어야 하니 맛도 제대
로 볼 수 없지요."

"그래도 목장도 있고 닭이니 돼지도 키우니 고기는 돌 것 아닙
니까?"

"그런 게 있긴 합니다. 하지만 그게 전부 국가소유니까 권력 있
는 사람들이 마음대로 할 수 있습니다. 돈으로 사 먹는다는 말이
아니고, 그냥 좀 가져와라 하면 잡아서 갖다 바쳐야 합니다. 일반
공무원들이 다 그렇다는 게 아니라 적어도 여기서 말하는 구청장
정도? 북에서는 구역 책임비서라 부르는데 그 정도 되는 사람이
맘대로 하는 겁니다."

"돈이 있으면 고기를 사 먹을 수는 있구요?"

"1990년대 이전에는 그랬습니다. 상점에서 사 먹을 수 있었지
요. 그런데 지난 이십 년 가까이는 상점들이 거의 다 텅텅 비어서
가동을 못하니 고기를 사 먹고 싶어도 사 먹을 수가 없습니다. 두

부니 그런 것도 마찬가지입니다."

도무지 상상이 안 되는 세계다.

"월급도 못 받고 스스로 농사도 못 지었다면 대체 무얼 먹고 살았습니까?"

"그러니까 거의 굶다시피 하는 겁니다. 우리 때만 해도 아주 어렸을 때는 굶지 않았지만 1980년대 말부터 극도로 식량 사정이 어려워서 이때 이후에 태어난 아이들은 거의 모두 영양실조에 걸려 있습니다. 우리 집은 아버지가 제철소에 다니셔서 푼돈이라도 들어왔는데 다른 사람들은 더 어려웠을 겁니다. 사람들이 그래서 자금을 조금 마련해서 중국에서 온 물건을 떼다 농촌에 팔아서 먹을 걸 사오거나 옥수수를 떼다 팔아서 푼돈을 벌거나 하는데 자본주의 물든다고 그런 장사도 못 하게 합니다. 걸리면 원금을 다 회수해 가서 빚쟁이가 되는 수밖에 없습니다."

"그렇다면 김대중, 노무현 정부의 햇볕정책이 소용이 없었단 말인데요, 그래도 그 십 년 동안은 연평도 총격이니 천안함 같은 사건은 나지 않고 남북이 평화 공존하지 않았나요?"

"그게 문제라고 봅니다. 벌써 망할 정권을 십 년 동안 연장시켜 준 것밖에 안된 겁니다. 그 십 년 동안 김정일은 팔짱끼고 거만하게 남한의 도움을 받아들이기만 했던 겁니다. 국민들이 굶주리든 말든, 남한의 지원으로 고위층과 군대가 유지되니까 아무 개혁도 하지 않았습니다. 지원이 끊어진 요즘에서야 중국에 쫓아다니며

공단을 만든다 뭐한다 난리지 않습니까? 북한 정권에 대해 욕을 해서 자극할 필요는 없지만, 도와주지 말고 가만히 내버려두는 게 오히려 좋다고 저는 생각합니다."

어떻게 해석해야 할지 난감하다. 북한에 매우 비판적인 진보인사들이라도, 북한 주민을 당장 도와주어야 한다는 데는 동의하고 그러기 위해서는 북한 정권과 우호적인 관계를 유지해야 한다고 생각한다. 그런데 탈북자 본인이 이런 이야기를 하니 참 난감하다.

"같은 민족으로서 당장 사람들이 굶어죽는 것을 팔짱 끼고 보는 것도 고역인데요."

"제 친구들도 참 여럿이 죽었습니다. 군대 가서 죽은 친구도 여럿이고 직장에서도 여러 명이 죽는 걸 봤습니다. 먹지를 못하니 힘이 없고 극도로 영양실조에 걸려서 조금만 무리해도 그냥 죽어 버립니다. 병에 걸려도 아무 치료도 못 받고 바로 죽고요. 그래도 식량을 지원하지 않는 게 옳다고 생각합니다. 하루빨리 북한 체제를 무너뜨리거나 변화시키려면 그 방법밖에 없습니다."

"왜 치료를 못 받습니까? 북한은 무상 의료라고 자랑하고 있는데요?"

"말로만 그렇습니다. 자체적으로 약을 생산하지도 못하고 수입할 돈도 없으니 병원에 가도 치료도 약도 받을 수 없습니다. 유엔이나 남한에서 의약품을 보낸 것도 있는데 병원 의사들도 먹고 살아야 하니까 암시장에 내다 팝니다. 그러면 어떻게든 이것을 사서 스스로 치료해야 합니다. 무상 의료란 지금의 북한에는 아무 의미도 없는 말입니다."

"그렇다면 영양실조 걸린 어린이들에게라도 식량을 보내는 방법은 없을까요?"

"얼마 전에 식량배급을 감시하는 유엔감시단을 다 내쫓아 버리지 않았습니까? 그 사람들은 주민들이 굶어죽는 것에 아무 관심도 없습니다. 그래서 우리 탈북자들은 만나면 이런 이야기를 합니다. 굳이 지원을 해주려면 옥수수나 콩가루를 분쇄해서 오래 보관을 못하게 만들어서 보내면 저장이 안 되니 일반백성들에게도 주지 않겠나. 이런 말들을 합니다."

"그것도 방법이겠네요. 어떻게든 동족이 죽어가는 것은 막아야 하니까요."

"제가 북에서 살 때 보면 남자가 이상하게 약합니다. 어린 소년들이 많이 죽습니다. 중학교 가면 여자가 훨씬 많아요. 그래서 최근에는 여자도 군대에 많이 데려간다고 합니다. 보통 17살에 군대에 가는데 십 년 근무니까 서른이 다 되어 나오면 기술도 없고 먹고 살기가 난감합니다. 제가 지원하지 말라는 건 북한을 싫어해서가 아니라 진정으로 위해서 하는 말입니다. 하루빨리 김정일 정권을 무너뜨리지 않으면 점점 더 나빠지기 때문에 하는 말입니다."

박 선생의 말은 명백히 자본주의로의 통일을 의미하고 있다. 통일 문제는 민주화와 진보 세력의 발목을 잡는 명제다.

최근 국회의 정당대표 연설에서 민주노동당 이정희 대표가 '극소수 반북, 반통일 세력만 아니라면 누구와도 연대할 수 있다.' 는 요지의 발언을 했다. 말 그대로 해석하자면 이 나라의 극소수만이 북한을 싫어하고 통일을 싫어한다는 뜻이다. 통일운동가들이 늘상 하는 말이니 대수롭지 않게 들릴 수도 있다. 하지만 냉정하게 분석해보면 비현실적인 발언이라 생각된다.

우선 '극소수 반북' 이란 말은 국민의 극소수만이 북한 정권을 싫어한다고 해석할 여지가 있다. 과연 그러한가? 북한 체제를 지지하는 사람들이야말로 극소수가 아닌가? 여기서 '극소수 반통일 세력' 이란 아마도 이 나라의 기득권층을 뜻할 것이다. 기득권층이 통일을 거부한다는 뜻이다. 과연 그럴까? 현재 상황으로 보아 어떤 식으로 통일이 되든 역사에 패자로 남는 것은 북한 정권일 수밖에 없다. 단순히 국민투표로 통일정부의 대표를 뽑아본다 해도 김정일 일파를 지지하는 숫자야말로 극소수일 것이다.

남한의 기득권층은 어떤 식으로 통일되든 현재보다 더 강력한 금권을 차지하게 될 것이니 통일을 반대할 이유가 없다. 북한의 경제가 남한보다 좋다고 알려졌던 1970년대 이전이라면 몰라도, 그로부터 30년이 지난 지금은 판도가 완전히 뒤바뀐 것이다. 지금 진정 통일을 거부하고, 그 기초가 되는 정보의 유통과 인적 교류를 거부하는 것은 남한의 기득권층이 아니라 북한 정권임은 명백하다.

그럼에도 극소수 반북, 반통일 세력이 통일을 가로막아 통일이 안 된다고 주장하는 소위 진보인사들의 인식은 황당하다. '현재 북한이 경제적으로나 정치적으로 궁지에 몰려 있으므로 급작스런 통일 추진은 전쟁으로 이어질 수 있으니 점진적으로, 평화적으로 접근하자.'고 말한다면 어느 정도 동의할 수 있으나 북한은 통일을 원하는데 남한의 극소수 반통일, 반북 세력 때문에 통일이 안 된다고 주장하는 것은 거의 몽상가적인 발언으로 보인다.

"제가 금강산과 개성에 가봤는데 주변의 산들이 모두 완전히 벗겨져 황무지가 되었던데요?"

"휴전선 쪽만 아니라 내가 살던 함경도 전역도 마찬가지로 나무라곤 하나도 없습니다. 내가 어렸을 때만 해도 바로 뒷산에 소나무가 우거졌었는데 지금은 시야에서 나무가 하나도 안 보입니다. 산꼭대기에 올라가도 나무라곤 볼 수 없습니다. 석탄도 배급제인데 탄광이 가동이 안 되어 탄이 배급이 안 되니 겨울에 난방용으로 베어내서 그렇습니다. 여름에도 밥도 해먹어야 하고."

"땔나무로 벤 건 알겠는데 어떻게 그 높은 산꼭대기까지 나무가 하나도 없지요? 거기까지 올라가서 베어낸 건가요?"

"처음에는 집 근처에서 베다가 점점 멀리 가서 베어 쓰는 겁니다. 이삼십 년을 그렇게 베었으니 남아나는 게 없을 수밖에요. 젊은 사람들은 멀리 산꼭대기까지 가서 베어오는데 늙은이들은 힘이 없으니까 집 근처에서부터 나무뿌리를 캐는 겁니다. 어디나 마을 근처 수 킬로까지는 나무뿌리조차 없습니다. 뿌리가 없으니 다시는 나무가 자라지 못하는 황무지가 되는 겁니다."

"참 기가 막히군요. 그런데 이런 정권이 어떻게 지금까지 유지가 될까요?"

이런 정권이 어떻게 유지되는 것일까? 이것이 정말 궁금하다.

"체제 유지를 위해 철저히 감시하기 때문입니다. 북에서 내려온 사람들을 만나보면 아시겠지만 자기 의견을 잘 표현할 줄을 모릅니다. 옳든 그르든 표현을 하며 자라야 하는데 워낙 감시와 탄압을 하니까 생각이 있어도 이를 말로 표현하는 훈련이 전혀 안 되어 있습니다."

"그래도 친한 친구들끼리는 이야기를 할 것 아닙니까?"

박 선생은 난감한 표정을 지어 보인다.

"그게 참…. 북에는 여행이란 말이 없듯이 진정한 친구란 말도 없습니다. 물론 태어나서 죽을 때까지 한 동네에 사니까 친구들은 많지만 진정으로 마음을 나눌 친구란 없습니다. 아무리 어려서부터 함께 자란 사이라도 북한 체제의 문제에 대해 구체적인 이야기는 서로 못합니다. 괜히 이야기했다가 말이 퍼지면 서로가 곤란해집니다. 무슨 생각이나 정보가 있어도 아주 간단히 사실만 살짝 말하면 나머지는 각자 자기가 생각하고 판단해야 합니다."

"친구들 사이에 비밀을 지키면 되지 않나요?"

"그게 어렵습니다. 저희 부모님의 친척들도 친구들에게 자기

맘을 털어놨다가 정치범 수용소에 끌려가 죽을 고생을 한 분들이 있습니다. 저희 아버지 사촌과 어머니의 오빠가 그랬습니다. 친구라고 생각하고 이야기했다가 고발당해서 수용소에 끌려갔습니다. 그래서 저희 부모님은 어려서부터 절대로 아무도 믿지 말라고 저희에게 가르쳤습니다."

"가족들 사이에서는 그런 이야기를 나눌 수 있는가 보네요."

"믿을 수 있는 건 가족밖에 없습니다. 가족 안에서는 김정일 욕을 해도 고발당하지 않으니까요. 그래서 가족단위의 탈북이 많은 겁니다. 또, 어쩌다 혼자 나오더라도 북에 남은 가족이 걱정되어 결국 어떤 식으로든 데리고 나오게 됩니다. 저희도 형님이 먼저 탈북해 남쪽에 내려와 정착금 받은 걸로 중국 브로커를 사서 온 가족을 데리고 나온 경우입니다."

"아, 형님이 먼저 나와서 가족을 구했군요?"

"형님이 탈북하자 한 삼 년 동안 우리 가족은 엄청 감시를 받았습니다. 감시가 좀 풀렸을 때 형님이 보낸 사람이 와서 나올 수 있었습니다. 그때만 해도 탈북자에게 정착금을 일시불로 지급했기 때문에 그 돈을 전부 털어서 우리를 구해냈습니다. 물론 교회 선교사들의 도움도 컸습니다. 그분들이 없었으면 다섯 개 나라를 돌아서 한국에 오기 어려웠을 겁니다. 그래서 한국에 와서도 교회에 다니고 있습니다."

종교 문제도 궁금하다.

"북한에도 교회가 있다고 아는데 사실인가요?"

"교회요? 전혀 없습니다. 평양에 남쪽의 종교인들에게 선전하려고 봉수교회인가 하나 만들어놓고 대외협력 차원에서 운영하는 게 전부입니다. 지방에는 교회라곤 절대 없습니다."

"통일운동하는 분들은 그 교회에 다녀오고 북한에도 종교의 자유가 있다고 믿는데요?"

"잘못 알고 있는 겁니다. 선전일 뿐입니다. 북한 학교에서는 육이오 때 미국 선교사들이 들어와서 사과밭에서 사과를 주워먹은 아이에게 도둑놈이라고 이마에 글씨를 써서 돌렸다느니 하는 이야기를 가르치면서 종교를 욕하는데 교회를 놔둘 리가 있습니까? 여기 와서 교회 다니면서 보니까 김일성주의라는 게 종교 서적과 똑같습니다. 유일사상이라는 데서 김일성이란 이름을 하나님으로 바꾸면 아주 똑같습니다. 북한에 종교라곤 김일성교밖에 없습니다."

"집집마다 김일성 초상화를 걸어놓는다고요?"

"그렇습니다. 그것도 잘 닦아야 합니다. 제가 어렸을 때는 김정일 생일은 없었고 김일성 생일만 있었습니다. 김일성 생일날 아침에 부모님이 벽에 붙은 김일성 초상화를 잘 닦은 다음 저희들을 보고 초상화에 인사를 하라고 해요. 어린 마음에도 왜 벽에다 대고 인사를 하나 반발심이 있었습니다. 그런데 크면서 하도 세뇌가 되니깐 적응이 되었습니다."

"개인별로 누구나 김일성 배지를 달고 다니던데요?"

"제가 어렸을 때만 해도 김일성 배지는 높은 사람들만 달고 다녔습니다. 그때는 배지를 달고 다니는 걸 부러워했습니다. 그런데 나중에는 모든 사람에게 달게 했지요. 저는 웬만하면 배지를 달지 않고 다녔습니다. 그런 반항심이 있었기 때문에 형님이 사람을 보내 탈북하라고 했을 때 조금도 망설이지 않고 따라나설 수 있었습니다."

"그렇다면 남한에서 어떻게 북한 주민을 도울 수 있을까요? 김대중, 노무현 대통령 때는 여러 모로 지원을 하다가 이명박 대통령 들어와서는 거의 중단되었는데요. 이 점은 어떻게 생각하나요?"

이야기는 다시 대북지원 문제로 돌아갔다. 그는 단호히 말했다.

"아까도 말했지만 저나 다른 내려온 사람들은 하나같이 대북지원을 하지 말아야 한다고 생각합니다."

"당장 북한 주민들이 굶주리고 있는데 도와주는 게 같은 민족으로서 할 일이 아닌가요?"

"도와주는 건 좋습니다. 그런데 쌀이나 옥수수를 보내봤자 군용으로 다 써버리는 게 문제입니다. 남한이나 유엔에서 쌀이 오면 항구가 폐쇄되고 군용트럭들이 몰려와서 다 싣고 갑니다. 특히 남한 배가 들어오면 남한 생산이라는 표시가 나는 포대를 풀어서 다른 포대에 전부 옮겨 담아서 가져갑니다. 옥수수 같은 경우는 민간에게 풀리지만 남한에서 들어오는 것은 대부분 쌀인데 쌀은 전부 군대 차들이 와서 실어갑니다."

"대북지원 식량이 군용으로 전용된다는 거군요?"

"확실합니다. 제가 탈북하기 전에 김대중 대통령이 많은 식량을 보냈다는데 우리 주민들은 남한에서 온 쌀은 구경도 못했습니다. 촬영하려고 나눠주었다가도 다시 바로 빼앗아 간다는 말을 들었습니다."

"그렇다고 정부 차원에서 북한의 기아 상태를 방치할 수는 없는 것 아닙니까?"

"안 주는 게 답입니다. 이명박 대통령 들어서서 쌀을 주지 않으니까 당장 군대에서 탈영자가 엄청나게 생기고, 놀란 김정일이 벌써 몇 번이나 중국에 구걸하러 가지 않습니까? 지원을 끊어서 군대를 굶겨야 스스로 개방을 하는 겁니다."

이거야말로 논쟁거리다. 북한이 끝없이 요구하는 경제지원을 하지 않았을 때 돌아오는 부작용이 문제다.

"남한에서 걱정하는 것은 남쪽에서 거래를 끊으면 저렇게 연평도사건처럼 도발을 해대고 궁지에 몰리면 전쟁을 일으키지 않을까 하는 거지요. 전쟁이 일어나면 남한이 일방적으로 피해를 입으니까요."

"맞습니다. 전쟁이 나봐야 북한은 피해 볼 게 하나도 없습니다. 북한은 인명피해만 보는데 남한은 너무 엄청난 피해를 입을 수밖에 없습니다. 또 북한 주민들은 하도 살기 어렵고 미국과의 전쟁을 세뇌당해서 그냥 한 판 전쟁을 하자고 하는 분위기도 있습니다. 그러나 전쟁을 막기 위해서 북한의 비위를 맞추는 건 더 어리석은 일입니다. 김정일은 전쟁을 일으켜서 남한에 손해를 입힌다 해도 자기가 망할 것이 확실하기 때문에 쉽게 전쟁을 못 일으킵니다. 궁지에 몰리면 중국에라도 가서 구걸하는 걸 보십시오."

경제 회복을 위한 북한 정권의 노력이 없는 것은 아니다. 그러나 근본적인 한계가 있다고 생각된다. 나는 물었다.

"근본적으로 여행의 자유와 거주 이전의 자유, 정보의 자유, 상거래의 자유 같은 걸 주지 않으면 절대 경제가 발전할 수 없는 게 이치인데 중국과 경제특구를 만든다고 해서 경제가 발전할까요? 의문입니다."

"김정일 정권이 있는 한 더 이상의 개방은 못할 겁니다. 여행이나 정보의 자유를 주면 김정일 정권이 얼마나 나쁜가를 깨달아서 폭동을 일으킬 테니 말입니다. 북에서는 중학교까지는 사회주의에 대해 따로 배우지 않고 대학에 가야 맑스 레닌주의를 한 달 정도 가르치고 나머지는 김일성주의 주체사상과 유일사상을 배웁니다. 유일사상이란 게 말했듯이 종교 서적 같은 거라서 아무 흥미를 느끼기 어렵습니다. 남한이나 다른 나라 대학생이라면 온갖 정치사상과 역사에 대해 해박한 지식을 갖고 있지만 북한의 대학생이나 지식인들은 너무 너무 무식할 수밖에 없습니다. 그런데 정보가 개방되어 바깥 세상에 대해 알게 되면 김정일 정권은 도저히 유지할 수가 없습니다. 그러니 절대 개방을 못 하는 겁니다."

"북한도 중국이나 베트남처럼 공산당 정권이라도 5년에 한 번씩 지도부를 새로 선출하고 여행과 거주 이전, 상업의 자유를 준다면 경제성장은 시간 문제일 텐데요."

"그렇지요. 하지만 김정일이 존재하는 한, 그 아들에게 권력이 이양되는 한, 그런 일은 절대 없을 겁니다."

"참 답답하군요. 우리가 할 수 있는 일은 거의 없이 동족들이 저렇게 비참하게 살아가는 걸 지켜보고만 있어야 한다니 말이죠. 또 한편으로는 남한에는 그래도 북한 정권이 옳다고 믿는 이들이 꽤 있습니다. 북한이 민족적 정통성을 가지고 있고, 정치도 경제도 모두 잘하고 있는데 우익이나 탈북자들이 허위선전을 하는 것뿐이라고 주장하는 사람들을 저는 여럿 보았어요."

"아주 아주 잘못 생각하는 사람들입니다. 왜 이인모란 분이 비전향 장기수로 있다가 북한에 송환되지 않았습니까? 그분들이 올라왔을 때 조선중앙방송이 한동안 엄청 떠들었습니다. 그런데 얼마 지나지 않아 그 이야기는 한 번도 다시는 나오지 않습니다. 떠도는 소문으로는 송환된 비전향 장기수들이 북한의 실상을 보고 크게 실망해서 북한 정권의 미움을 받게 되었다고 합니다. 이인모란 사람은 북한의 정치범 수용소를 방문한 자리에서 그 비참한 현실에 충격을 받고서 차라리 남한의 정치범 수용소가 낫다고 발언해서 숙청되었다는 이야기도 있습니다. 남한에서 통일운동을 한다는 사람들이 북한 선전만 듣고 보고, 또 선전을 위해 만들어 놓은 평양만 방문해서 권력자들만 만나고 와서 북한 체제를 찬양하는데 참 어리석은 사람들입니다."

"직접 통일운동을 하는 분들뿐 아니라 남한의 민주화운동권의 상당수가 북한에 호의적인 게 솔직한 사실입니다."

"저는 남한에 들어올 때까지 육이오가 남쪽에서 침략해서 일어난 거라고 배웠습니다. 또 박헌영이 미국의 간첩이자 종파주의자로 정보를 미국에 제공하는 바람에 전쟁에서 밀렸다고 배웠습니다. 와서 보니 전부 사실이 아니더라구요. 이렇게 모든 것을 엉터리로 가르쳤는데 정보 교류와 남북 왕래가 자유로워져서 진실을 알게 되면 김일성 정권은 하루아침에 명분을 잃으니까 저렇게 통제를 하는 겁니다. 북한의 김정일 정권이 무너져서 모든 진실이 드러나면 남한의 친북적인 지식인들도 뒤늦게나마 진실을 깨닫게 될 겁니다."

박 선생과의 이야기는 길게 계속되었다. 그런데 다른 내용들은 대부분 박 선생의 탈북 과정, 가족에 관한 사항들이라 본인의 신분을 보장하기 위해 공개할 수 없는 내용들이었다.

사실 지구상에는 북한보다 경제적으로 못하거나 비슷한 나라가 꽤 많다. 공산주의 소련에서 분리 독립한 중앙아시아의 여러 나라, 아프리카에서 공산국가이다가 자본주의로 바뀐 나라들의 모습을 보면 경제적으로나 정치적으로나 비슷한 모습을 보여주고 있다.

그러나 그 어떤 나라도 북한과 같은 극단적인 통제와 집단주의에 갇혀 있지는 않다. 아프리카 여러 나라가 굶주림에 시달리는 것은 사실이지만 그 나라들에는 북한 주민이 가지지 못한 최소한의 자유가 있다.

도무지 상식적으로 이해가 되지 않고 용납이 되지 않는 나라, 인생의 가장 큰 기쁨의 하나인 여행과 친구가 없는 나라, 북한이 하루빨리 인간이 살 수 있는 나라가 되기를 기원하는 마음이다. 또 이를 위해 작으나마 무언가라도 하는 것이 올바른 지식인의 자세가 아닌가 한다. 이야말로 지식인의 양심의 문제요, 역사적 책임의 문제가 아닐까?

(안재성 블로그, 2011년 6월)

광주민주화운동과 북한 민주화에 대한 단상

"형, 미안해요. 엄마 때문에 도저히 안 되겠어요."

1980년 5월 하순, 광주에서의 유혈사태가 한창이던 이맘때였다. 한 선배로부터 서울에서도 광주민주화운동에 호응하는 시위를 하자는 제안을 받은 나는 후배들에게 전화해서 함께 싸우자고 말했다. 그러자 후배들마다 엄마 걱정시켜드릴 수 없다거나 이젠 나서고 싶지 않다고 솔직하게 대답하는 것이었다. 나 자신도 광주에서의 참혹한 죽음에 잔뜩 겁을 먹고 있었기 때문에 후배들의 반응에 별다른 서운함도 느끼지 않았다. 다만 나만이라도 나서야 한다는 강박관념으로 몇몇 선배들과 유인물을 만들어 뿌리며 시위를 선동하다가 구속되어 평생 기억하기 싫은 모진 고통을 겪어야 했다.

지금도 생각하면 궁금하다. 군부 쿠데타 세력에 의한 계엄령이 전국으로 확대되던 그 해 5월 18일 아침, 전국의 대학생들이 모두 잠잠해졌는데 광주 전남대 학생들은 무슨 용기로 총검을 꽂은 계엄군에게 맞서 투석을 하며 민주화 투쟁에 불을 붙였을까? 나처럼 조국을 위한 의무감이 잠시 공포를 잊게 했을까? 본래 용감무쌍한 청년들이었을까?

세월이 30년이나 흘러, 우리가 몸소 겪었던 1980년대 민주화 투쟁의 감동이 중동 여러 나라를 뒤흔드는 광경을 본다. 튀니지에서, 이집트에서, 리비아에서 불어오는 재스민혁명의 바람은 많은 것을 생각하게 한다.

옛 학생운동 내에서 아랍은 고유의 방식으로 민주주의를 잘하고 있다거나 리비아의 카다피는 민중주의의 상징적인 지도자라는 말이 돌았다. 그러나 요즘 일어나는 사태들을 보면 독재가 좋아서 가만히 있었다는 말은 잘못된 평가였고 실제로는 무서워서 침묵했었다는 진실을 인정하지 않을 수 없게 된다.

특히 카다피의 자국민에 대한 학살을 지켜보면 '모든 독재는 다 나쁘다.'는 주장을 부정하기 힘들게 되었다. 자식의 미래를 위해 혹독하게 독재를 하는 부모가 나쁜 것처럼, 국민의 행복한 미래라는 명분을 내세워 독재하는 모든 권력은 '악'임에 분명해 보인다. 목적이 아무리 좋아도 수단이 정당하지 못하면 잘못된 것이다.

중동의 민주화 바람을 보는 여러 사람이 내게 북한의 현실을 어떻게 보느냐고 묻는다. 북한이 진짜 잘 돌아가기 때문에 굶주리고 자유가 없어도 아무도 시위에 나서지 않는 것인가, 아니면 너무나 철저한 독재를 하기 때문에 시위를 하지 않는가를 묻는 것이다.

1980년대 학생운동권 사이에는 북한은 국민이 주인이 되는 완벽한 민주주의를 하고 있기 때문에 시위가 일어나지 않는다는 이야기가 돌기도 했고 아마 요즘도 그렇게 믿는 이들이 있을 것이다.

하지만 도대체 완벽한 민주주의가 어디 있겠는가? 민주주의란 어떤 형식으로 완결된 존재가 아니라, 끊임없이 자유와 행복을 위해 싸우는 과정 자체 혹은 그것을 보장하는 분위기가 아닐까? 1970년대에도 1980년대에도 분명 대한민국은 민주주의 국가였지만 오늘의 민주주의 수준에 비해 훨씬 낮았던 것처럼, 민주주의는 결과가 아니라 과정이 아닐까?

그런 의미에서 국내와 국외여행의 자유가 없는 나라, 세상 돌아가는 정보를 마음대로 볼 수 없는 나라, 다양한 사상으로 나뉜 정치정당들이 존재하지 않는 나라, 출판과 언론의 자유가 없는 나라, 조국을 버리고 이민을 떠날 자유가 없는 나라…. 이러한 민주주의의 기본적인 조건에 하나도 맞아떨어지지 않는 나라를 어떻게 민주주의 국가라고 부를 수 있을 것인가?

북한 권력이 항일독립운동가 출신들로 이뤄졌다거나, 노동자 농민을 위하려는 목적으로 나라를 만들었다거나 하는 것은 이제

와서 어떤 의미도 갖지 않는다. 살인자도 개과천선해서 좋은 일을 할 수 있는 것이고, 아무리 착했던 사람이라도 말년에 나쁜 짓을 하면 악인으로 기록될 수밖에 없는 것이다.

그렇다면 북한은 어떻게 변해야 할까? 중국이나 베트남처럼 공산당 주도 하에 경제를 살리는 것이 거의 유일한 대안으로 꼽히는 것 같다. 하지만 일당독재권력이 경제를 운영하는 방식이야말로 이미 북한에서 실행해왔고 처절히 실패해온 방식임을 인정해야 할 것이다.

진정 중국이나 베트남에서 배울 것은 정부 주도의 경제운영이 아니라, 이에 앞서 거주 이전과 해외여행의 자유, 사적 소유의 자유, 그리고 무엇보다도 대외정보의 완전한 자유가 아닌가 생각된다. 이러한 기본적인 자유와 정보 공개를 통해 국민들이 보다 창의적이고 자유로운 경제활동과 문화활동을 할 수 있지 않으면 아무것도 변하지 않을 것이다.

이는 단순히 북한의 경제를 살리라는 뜻이 아니다. 그것이 옳기 때문에 권하는 것이기도 하다. 북한이 내세우는 사회주의의 원론에 근거해 보더라도 사회주의란 자본주의의 장점 위에 더욱 발전한 자유롭고 행복한 세상이지 봉건제로의 회귀가 아니다. 토지의 국유화, 기업의 국유화, 거주이전과 여행의 부자유, 출신성분에 따른 제한, 지도자의 신격화 같은 것들이야말로 봉건제의 전형적인 특징이 아닌가? 냉소적으로 보자면 자칭 사회주의 공화국인 북한은 실제로는 사회주의와는 전혀 상관없는 봉건국가에 지나지 않는다고 비판해도 지나치지 않다.

문제는 이러한 변화를 어떻게 유도해야 하는가이다. 북한에 대한 평가가 같은 사람이라도 그 방식에서는 서로 많이 다른 것 같다. 민주파들은 햇볕정책으로 북한을 차츰 개방시켜야 한다고 주장하고, 보수파들은 더욱 궁지로 몰아 항복하게 만들어야 한다고 주장한다. 북한 주민들을 자꾸 대외적으로 눈을 뜨게 만들어 스스로 민주적 제 권리를 찾도록 유도하자는 이들도 있는 반면, 철저한 감시체제 아래 북한 내부에서 민주화운동이 일어나는 것은 불가능하다고 보는 이들도 있다.

광주민주화운동 31돌을 맞아 생각해낼 수 있는 것은 그래도 민주주의는 스스로 쟁취하는 것이라는 믿음이다. 남한이든 미국이든 그 누구도 해줄 수 없는 것이 민주화의 경험이 아닐까 생각된다. 북한 주민들 스스로, 그것이 반드시 혁명적인 변화는 아닐지라도, 점진적이고 온건한 방식을 통해서라도 스스로의 삶을 변화시켜 나가야 하지 않는가 생각한다.

북한의 민주화, 북한 주민 스스로의 민주화 투쟁이야말로 북한을 살리고 남한을 살리고 나아가 이 민족을 살리는 길이라 생각한다.

정말 북한의 민주화가 가능할까? 나는 충분히 가능하다고 믿는다. '엄마 때문에' 투쟁에 동참할 수 없다던 그 후배들은 얼마 후에 다들 두려움을 털어내고 일어나 1980년대 민주화운동의 선봉들이 되었다. 겁 많던 나보다 더 열심히, 용감하게 투쟁에 나섰다. 중동의 오늘도 이를 증명하고 있다. 역사는 결코 멈추지 않는다. 설사 잠시 멈추더라도 기어이 다시 굴러가고야 만다. 그것이 오늘의 인류를 만들어낸 역사이다.

(『오마이뉴스』, 2011년 5월)

대한민국에서 작가로 산다는 것

모든 작품은 계급성을 가진다?

예전에 강연 나가면 용감하게 발언하곤 했다. '세상의 모든 문학작품은 작가의 계급 성향을 반영한다.'고.

당시 말한 계급이란 경제적 측면으로 보면 자본가, 소자본가, 무산자라는 정통 사회주의 이론에 따른 구분으로, 부르주아, 프롤레타리아, 소부르주아라고도 쓴다. 사회적 용어로 쓰자면 보수냐 진보냐 혹은 중도냐의 구별일 수도 있다고 생각된다.

작가 본인이 부자냐 가난하냐에 따라서 이 세 가지 부류 중 하나에 들어간다는 뜻은 아니고, 작가의 의식이 크게 보아 이 세 가지 범주 속에 들어있지 않을까 하는 것이다. '계급'이라기보다

'계급성'이라는 게 옳겠다.

이제 와서 생각하면 너무 단순하고 폭력적인 구별법이지만, 아주 현실에 동떨어진 구별만은 아닌 듯하다.

즉, 부르주아 내지 보수문학이란 현실 그 자체에 만족해서 어떤 불만이나 변화를 시도하지 않고 현실 속에서 재미를 찾아내는 그런 문학이라고 할 수 있지 않을까? 굳이 기계적으로 구분하자면 대부분의 추리소설, 연애소설 같은 것들, 역사소설 중에서 왕을 중심으로 한 건국, 출세기 같은 것들을 넣을 수 있겠다.

프롤레타리아 내지 진보문학이란 현실의 문제점을 지적하고 이를 개선하고자 하는 의도를 가지고 쓰는 문학이 아닐까? 노동소설, 역사소설 중에서도 반란자를 중심으로 그리는 소설들을 이에 넣을 수 있지 않을까?

소부르주아 또는 중도파 문학이란 현실을 인정하되 현실의 고통스러운 면을 그리는, 소시민들의 애환을 그리는 소설들이 아닐까? 사실상 한국 문학의 주류를 이루고 있는 대부분의 작품들이 이에 들어갈 듯….

우리나라 소시민문학의 뿌리는?

일제하에서 현대시와 소설이라는 새로운 문학이 탄생하는데, 일제 때 이미 문단은 두 부류로 나뉜다. 이태준, 홍명희, 임화, 김남천 등 일제의 지배에 저항해 식민지의 비참한 상황을 묘사하고 가난을 지적하는 글들을 쓰는 이들이 있던 반면, 현실에 안주해 행복과 안락을 찾거나 혹은 소시민의 애환을 그리는 문학이 존재한다. 고난으로 점철된 우리 민족의 현실에서는 일본 등과 달리 본격적인 부르주아 문학은 애초에 거의 존재하지 않는다.

그런데 해방 후 남과 북이 갈리면서 프로 계통의 문인들은 대부분 월북하고 남한에는 소시민적인 문인들만 남게 되고 이들이 이후 한국의 문단을 장악하게 된다. 식민지 현실을 가린 채, 무기력한 기생오라비를 그린 '날개', 감자 얻어먹으려고 중국인에게 성을 바치는 이야기인 '감자', 장돌뱅이 연애 이야기 '메밀꽃 필 무렵', 소년 소녀 연애담 '소나기' 같은 작품들이 교과서를 메우고 이런 글들을 쓰는 이들이 문창과 교수로, 문화부 고위관리로 임용되어 현실주의 문학은 싹부터 제거해 버린 것이다.

소설로는 죽은 이상과 이광수, 김동인, 살아 있는 김동리, 황순원 같은 이들이 문단을 지배하고 일반인들에게도 어려서부터 이를 교육하고 시로는 서정주, 모윤숙, 노천명 같은 관념주의 시들이 교과서를 메우고 정책을 결정한다. 반면 서민대중 혹은 변혁을 주제로 실천한 수많은 월북작가들은 문학사에서 사라진다.

이 영향은 단순히 작가 지망생들뿐 아니라 일반독자들까지 지배한다. 사회 문제, 역사 문제를 다루는 작품들은 '문학적이지 않은 것'으로 치부된다. 가까이는 박완서, 이문열 등이 이를 계승한다. 다수 독자들이 이들의 문학에 열광하는 것은 한국 문학의 풍토와 깊은 관련이 있다.

이는 서구 문학의 다양성과는 크게 다른 점이다. 공산당에 가입했던 앙드레 지드, 사르트르 같은 이들이나 사회 문제에 천착했던 앙드레 말로, 까뮈 같은 작가들이 주류를 이루는 서구 문학과 한국 문학은 근원적인 차이를 갖게 되는 것이다.

소시민문학의 대두

그렇지 않아도 소시민적인, 보수적이고 관념적인 문학이 철저히 지배하던 한국 문단에 서민문학이라는 보다 심화된 사조가 생겨나기 시작하는 것은 1970년대 말부터 1980년대 초, 황석영, 이문구, 박태순 등 새로운 작가들이 나타나면서부터이다. 이들은 산업사회에서 양산된 가난한 서민들의 이야기를 집중적으로 그리기 시작한다.

『창작과 비평』과 『실천문학』을 중심으로 시작한 이들 서민문학은 그러나 엄격한 의미로 보자면 소시민문학의 범주를 벗어나지 않는다. 시를 대표한 김수영처럼, 서민들의 애환을 그리지만 그야말로 '바람보다 먼저 눕고 바람보다 먼저 일어난다.'는 투의 현실순응적이고 기회주의적인, 말 그대로 서민들의 애환을 그리는 작품들이라고 볼 수 있다.

그럼에도 이들이 한국 문학에 새로운 바람을 일으킨 것은 사실이다. 이들 문학을 통해 많은 지식인들이 사회 문제를 인식하고 개선하기 위해 항의에 참가했다는 점에서 그 역할은 상당했다. 1980년대 민주화운동의 기초 중 하나가 이들 문학이었음은 부인할 수 없을 것이다.

프로문학의 짧은 바람

서민문학이 쌓고 민주화운동이 만들어 놓은 토대 위에 나타나기 시작한 것이 노동문학이라고 불리던 참여문학이었다. 단순히 서민의 애환을 그리는 것을 넘어서 그들의 조직화와 투쟁을 선동하고 방향을 제시하려는 의도로 쓰여진 시와 소설들이다. 박노해, 백무산, 안재성 등이 그 역할을 한다.

그러나 1980년대 후반부터 시작된 노동문학은 그 요란한 소리에 비해 내실은 거의 이루지 못한 채 사라진다. 실제 이런 경향을 갖고 글을 쓴 작가는 소수에 지나지 않으며 문학적 성과로 나타난 작품은 더욱 극소수에 그친다. 기간으로 쳐도 불과 수 년에 지나지 않은 채, 문단 내부에서는 큰 기대와 바람을 일으켰지만 작품의 부실함, 경직성 등으로 거의 빛을 보지 못한 채 소멸한다.

이 소멸을 재촉한 것은 1990년대 들어서 팽창한 여성문학이었다. 민주화운동권 주변에서 겪은 이야기나 이혼 등을 소재로 한

사적인 여성주의 작품들이 퍼지면서 잠시 반짝였던 프로문학은 물론 서민문학조차도 사라지게 된다.

이는 단순히 작가들의 변화가 아니라 급속한 경제발전과 민주화라는 새로운 여건 위에서 세태가 흘러가버린 결과가 아닐까 싶다.

어쨌든 굳이 기계적인 구분을 계속 적용하자면 부르주아 문학이 한국 문학의 주류를 이루고 있으며 나머지 수많은 작가들은 소시민문학의 범주에서 한치도 벗어나지 못하는 것이 오늘의 현실 같다.

한국 작가들이 가진 근원적인 문제는 이 소시민적인 문학에 침몰되어 있다는 점이 아닌가 한다. 한국에서 노벨문학상이 나오지 않는다고 불평하는데, 한국적 소시민문학의 분위기는 서양 문학의 분위기와 다르고, 그들이 채택하지 않는 것은 너무도 당연한 게 아닌가 한다.

작가주의

한국 작가들의 한계 역시 이 소시민성에 기초한다. 소시민성의 대표적인 모습은 작가란 책상머리에 앉아서 고민하고 상상해 글을 쓴다는 작가주의 의식이다. 바로 그들의 선배인 소시민 작가들이 뇌리에 박아놓은 정신이다.

이 왜곡된 작가주의란 무엇일까? 이들은 작가인 자신을 하나의

'관찰자'로 특화시키려 한다. 작가도 이 사회에서 살아가는 하나의 인생으로 단지 글로 자기 생각을 표현하는 사람이라고 생각하지 않는다. 작가라는 특수한 직업을 가진 관찰자로 다른 사람의 인생 속에 혹은 사회 속에 끼지 않는 독자적이고 전지전능한 존재라고 생각한다. 그렇게 가르치고 그렇게 배운다.

그래서 작가가 정당활동을 한다거나 정치활동을 한다거나 사회참여에 나서는 것을 좋게 보지 않는다. 역사에 몸을 던지지 않고 구경꾼, 취재자로서만 위치 지으려 한다. 몸을 던지기를 두려워하는 소시민성이다.

실제로, 한국의 작가들 중에 사회 참여에 적극적이라고 하는 이들은 모두 한국작가회의에 몰려 있는데 그 회원 2천 명 중에서 독재나 자본과 싸우다가 감옥에 다녀온 사람은 불과 수십 명에 불과하다. 작가가 되기 전에 학생 때 잠깐 감방살이 한 것을 제외한다면 십여 명을 넘지 않는다. 나머지는 발언을 하는 것 같지만 실제 투쟁의 전면에 나서지는 않는다. 현실 참여를 잘못이라고 보는 보수 부르주아 문단인 한국문인협회는 더 말할 필요도 없다.

한국작가회의의 경우 주체측에서 끊임없이 현실 문제에 참여하려고 노력하는 것은 사실이다. 그런데 그 내용을 보면 역시 소시민적이다. 계급 문제, 혁명의 문제가 되는 노동 문제에 관심을 기울이는 작가는 거의 없다. 반면 통일 문제, 환경 문제에는 적지 않은 작가들이 열심히 매달린다.

취재가 없는 작가들

물론 특히 소설의 경우 글을 쓰기 위한 절대적인 시간은 꼭 필요하다. 그러나 그것은 작가의 피나는 노력으로 확보하는 것이다. 직업 자체를 글만 쓰는 것으로 두고, 글을 안 쓰는 나머지 많은 시간을 술 마시고 노는 일, 가정생활에 바치는 것은 한심한 일이다. 그 나머지 시간을 현실에 던져야 한다. 최소한 간접적인 취재에라도 던져야 한다.

헤밍웨이, 생텍쥐페리, 앙드레 말로, 사르트르 등등 수많은 뛰어난 작가들은 끊임없이 전쟁터에 뛰어들거나 정당활동을 하거나 목숨 걸고 레지스탕스를 했다. 그야말로 생생한 취재이다. 그러나 소위 한국의 선배 작가란 자들은 한국전쟁 와중에도 대부분 술집에서 시간을 보냈다. 1980년대 격변의 시기에도 안전이 보장되기 전까지는 거리에 나타나지도 않았다. 운동권이라고 자처하는 작가도 소수 있는데 실제로는 늘 주변부에서만 맴돌았고, 그래서 욕을 먹고 상처를 입는다. 그리고 이 상처를 소재로 글을 쓴다.

오늘과 같이 특별한 사회 격변이 없는 시기라면 최소한 취재에 전력을 다해야 한다. 취재의 양이 작품의 질을 결정해주는 것은 불변의 법칙이다. 아니면 차라리 돈을 벌어서 다음 작품을 쓸 준비라도 해야 한다.

자기 색깔을 가져야 한다

일제하 『조선일보』에서 장편소설을 모집했을 때 무려 2천 명이 응모했다. 그런데 당시 작가는 시인과 소설가를 다 합쳐 1백 명에 불과했다. 오늘날 시인은 2만 명에 이르고 소설가도 협회 등록자만 2천 명이 넘는다. 인구는 두 배로 늘었는데 작가는 200배로 늘어난 것이다.

지금도 전국의 100여 개 문예창작과에서 예비작가가 쏟아지고 있다. 작가들 자신도 나머지 대부분 작가들의 이름을 모르고 산다. 문학상은 3백 개가 되는데 그중 절반 이상은 돈을 받는 게 아니라 오히려 수상자가 돈을 내는 쓰레기 문학상들이다. 문예지는 260개가 넘는데 그중 원고료를 지급하는 곳은 수십 군데에 지나지 않는다. 한 해에 출간되는 책이 4만 권, 시와 소설은 적어도 하루에 열 권씩은 출간되고 있다. 신문사 문학담당 기자들에게는 일주일에 60권 이상의 책이 쏟아져 들어오는데 이를 다 읽는 것조차 불가능하다. 문학의 과잉, 문학의 보편화의 시대이다.

이런 상황에서 대한민국에서 작가로 산다는 것은 무엇일까? 더이상 작가는 특수한 직업이 아니다. 스스로 헤쳐나가지 않으면 누구도 돌봐줄 수 없는 치열한 경쟁 속에 살아야 한다. 자기 색깔을 갖지 않으면, 탁월한 작품을 써내지 못하면 이도저도 아닌 존재감조차 없는 삶을 살아야 한다.

그런데 대부분의 작가는 근원적으로 소시민문학의 범주 속에 들어 있고, 따라서 쓰는 글의 주제와 소재도 대동소이하다. 작품은 엄청나게 쏟아져 나오는데 내용은 진부하니 독자들로서는 다 읽을 수도 없고 읽을 의지도 없다.

 이 치열한 경쟁을 뚫고 독자에게 다가가는 길은? 남들과 다른 것을 쓰는 것이다. 소재나 문장으로 구별하자는 것이 아니고, 근원적으로 소시민문학을 버리는 것이다. 특히 프로문학을 하는 것이다.

 프로문학을 선택하라는 것이 단순히 경쟁에서 이기라는 뜻은 물론 결코 아니다. 그것이 의미가 있기 때문에 가라는 것이다. 그 의미가 무엇인가는 작가 스스로 생각해볼 일이다. 그 의미를 스스로 느끼지 않으면서 그쪽으로 가는 것은 한계가 있기 때문이다. 스스로 생각해볼 일이다.

(2011년 12월)

안녕히 가세요, 이소선 어머니!

　이소선 어머니가 돌아가셨다. 저지난달 쓰러지신 후로 의식을 되찾기 어려울 것 같다는 비관적인 소식을 듣고 있었지만 막상 돌아가셨다는 연락을 받고 보니 가슴이 먹먹하다.

　생각해보면 어머니는 참으로 자연스러운 분이었다. 욕을 해도 자연스럽고, 끌어안아도 자연스러웠다. 수천 명 앞에서 연설을 해도 자연스러웠고 방 안에서 수다를 떨 때도 참 자연스러웠다. 투쟁 문제, 사람 문제, 조직 문제 등 그 어떤 문제에 대해서도 깊이 고민하지 않은 듯 툭툭 내뱉으시는 말들이 다 현명하고 현실적이었다. 이소선 어머니를 가까이서 본 사람치고 '도대체 어디에서 저렇게 끊임없이 지혜가 샘솟는가?' 궁금해 하지 않은 사람이 없으리라.

내가 처음 이소선 어머니를 뵌 것은 28년 전, 전태일 열사의 희생 위에 세워진 청계피복노동조합이 전두환 정권에 짓밟혀 불법으로 몰려 고난을 겪고 있을 때였다. 어머니는 동대문시장에서 헌 옷가지를 팔아 번 약간의 돈으로 노조간부들의 활동비를 대주셨다. 염치없게 나도 한 달에 오만 원씩 여러 달을 받아 딸아이 우유값으로 쓴 기억이 잊혀지지 않는다.

그때부터 시작해 얼마 전 쓰러지시기까지, 내 인생의 절반보다 더 오랫동안 만나온 이소선 어머니. 어머니는 참으로 편안한 사람이었다. 언제 어느 자리에서 만나도 그냥 손을 잡고 안아주고 어깨를 두드려주는, 그야말로 다정한 어머니였다. 누구를 만나든 어머니에게 필요한 일을 이야기하기보다는 상대방이 어떻게 지내고 어떤 어려움을 겪고 있는가 걱정해주고 위로해주는 게 전부인 분이었다.

생각해보면 어머니는 거창하고 찬란한 자리에는 거의 얼굴을 보이신 적이 없는 것 같다. 운동권 출신들이 국회의원이 되고 장관이 되고 청와대를 차지해도 명예와 명망을 얻는 그런 자리에서 어머니를 뵌 적은 없는 것 같다.

어머니는 늘 마음 아픈 자리에 계셨다. 분신한 노동자와 학생들의 장례투쟁과 추도식에, 억울하게 죽은 이들의 진상규명을 요구하는 집회장과 가두시위의 자리에 계셨다. 싸우고 또 싸워도 제 권리를 찾지 못한 채 힘겹게 살아가는 노동자들의 함성소리와 늘 함께하셨다. 약자와 정의로운 자들을 보듬고 어루만지고, 반대로 의롭지 않은 자들을 향해 맨 앞에서 온몸을 던져 싸우시던 분이었다.

살아생전에 서로 뜻이 참 잘 맞던 문익환 목사님이 돌아가시고 이제 어머니까지 떠나고 나니, 민주화운동의 한 시대가 저물어가는 느낌이다. 새로운 그 어떤 영웅적인 인물도 문익환 목사님 같은, 이소선 어머님 같은 역할은 하지 못하리라는 생각이 든다. 어머니는 진정 1970년대와 1980년대 그 모질던 암흑의 시대를 빛낸 선구자의 한 사람이었다.

사람들은 보통 이소선 어머니를 '전태일 열사의 어머니'로 위치 짓는다. 그러나 가까이서 모셔온 어머니는 단순히 전태일 열사의 어머니만은 아니었다. 아들이 누구였는가와 상관없이, 이소선 여사는 그 자체로 노동자의 어머니요 민주화운동의 지도자였다. 이소선 어머니는 분명 아들의 뜻을 살리기 위해 노동운동을 시작했지만, 어느 결에 그 자신이 아들보다 열 배, 백 배, 더 열성적인 투사가 되어 진보운동의 지도자로 그 역할을 다해왔다.

심지어 나는 전태일 열사가 있기에 이소선 여사가 있다기보다는 이소선 어머니가 있기에 전태일 열사가 있었던 게 아닐까 의구심까지 가져보았다. 이소선 어머니가 없었다면 전태일 열사는 신문 한 귀퉁이의 토막기사로 사라졌을지 모른다. 청계피복노동조합도 없었을 것이고, 동시대의 민주노조들도 그만큼 큰 역할을 하지 못했을 것이다. 1980년대의 노도와 같은 노동운동도 한 축을 잃었을지 모른다. 실제로 청계피복노동조합사를 쓰면서 얻은 결론이었다.

아직은 더 많은 역할을 하실 수 있는 연세에, 존재 그 자체만으로도 너무나 많은 이들에게 기쁨과 행복을 주던 어머니를 갑자기 떠나보내는 마음이 무겁다. 오전에 부음을 들은 이후로 계속 울적하기만 하다. 짧은 지면에서 이야기할 수 없는 어머니와의 많은 추억들을 떠올리면 자꾸 눈물이 난다.

어머니! 안녕히 가세요. 보내는 마음은 더없이 슬프고 아프지만, 마음 한편으로는 편안하게 당신을 보내드리고 싶습니다. 왜냐하면 당신은 보통 사람의 백 배, 천 배는 더 긴 인생을 사셨으니까요. 그만큼 많은 사랑을 베풀고 많은 일을 하셨으니까요. 그래서 보통사람들이 받을 사랑보다 천 배, 만 배는 더 많은 사랑을 받으며 사셨으니까요. 그래서 어머니 당신은 행복한 분입니다. 진정 행복한 생을 사셨습니다. 이제 마음 편히, 모든 뒷일은 새로운 사람들에게 맡기고, 아드님이 기다리는 평화로운 세상으로 떠나세요. 사랑합니다, 어머니!

(『프레시안』, 2011년 9월)

김성동의 『현대사 아리랑』을 읽고

단절된 역사 이어주기

역사를 공부하는 것은 그 속에 오늘이 있기 때문이다. 지금은 사라진 지나간 인간의 삶을 회상하고 복원하는 의미를 넘어, 오늘을 해석하고 내일을 준비하는 데 꼭 필요한 것이다.

예컨대 일제시대부터 한국전쟁까지의 역사를 꼼꼼히 살펴보면 오늘의 사회 현실을 이루는 밑바탕 얼개를 고스란히 들여다볼 수 있다. 문화예술, 법률, 정치 등 오늘의 어떤 분야라도 그 근원을 캐다보면 일제와 해방 전후의 사건과 인물들이 실타래처럼 딸려온다. 지난 백 년 간의 역사는 과거사 혹은 근대사가 아니라, 현실 그 자체로 존재하는 당대사인 것이다.

따라서 과거에 떳떳치 못한 과정을 거쳐 오늘날 권력을 잡고 부귀영화를 누리거나 명예를 차지한 자들은 자신들의 치부를 숨기기 위해 관련 기록을 누락시키거나 혹은 왜곡시켜 기록하려 든다. 세계사적으로 유래가 없는 민족 내부의 참혹한 전쟁과 이념대립, 독재정치를 겪은 우리나라 역사학에 그 정도는 극히 심하다.

현대사에 대한 왜곡과 누락은 남과 북의 역대 정권들이 우열을 가릴 것 없이 경쟁적으로 자행해 왔다. 그중에서도 남북 정권의 이해가 맞물리는 공통적인 부분이 있으니 일제시대부터 자생적으로 성장한 토착 진보 세력에 대한 부분이다. 엄혹한 일제 식민지 치하에서 조국의 해방과 조선 민중의 인간적인 삶을 위해 투쟁했던 사회주의자들이 그들이다. 남한은 이들을 자유민주주의 체제를 부정한다는 이유로 악마처럼 취급해 죽이거나 추방했고, 북한은 이들이 자유민주주의적 사고 방식으로 집단주의 체제를 위협한다고 보고 반역자로 몰아 숙청했다.

결과적으로 진보운동의 전통이 단절된 남한은 오랜 세월 극우 파시즘의 지배를 받았을 뿐 아니라 현재까지도 진보운동이 제대로 된 방향성을 갖지 못하고 헤매고 있다. 북한 역시 처음부터 개인의 사상과 행동의 자유가 억압된 전체주의에 경도되어 오늘의 정체를 자초할 수밖에 없게 된다.

그 자신, 남북 모두에서 미아가 되어버린 혁명가 아버지를 둔 작가 김성동은 이 끊어져버린 진보운동의 맥을 잇는 대작업을 시도했으니 그 첫 번째 결과물이 『현대사 아리랑』(녹색평론사, 2010)이다.

잊혀진 인물 되살리기

『현대사 아리랑』에 등장하는 인물은 51명, 한국 현대사에 관심이 있는 이라면 알 만한 인물도 있지만, 웬만큼 전문적으로 공부하지 않으면 알 수 없는 인물이 더 많다. 그나마 남한의 이야기일 뿐, 정보의 규제와 제약이 체제 유지의 조건이 되어버린 북한에서 공부한 사람이라면 그 대부분의 이름을 듣지도 보지도 못했을 것이며 일부에 대해서는 아무런 구체적인 자료도 없이 재판기록만으로 반역자나 미제의 간첩으로 생각하고 있을 것이다.

김성동의 작업은 그런 의미에서 잊혀진 인물을 되살리는 작업이다. 이 책에 수록된 인물 중 일부는 남한에서나마 문화적 혹은 사법적으로 복권된 이가 여럿 있다. 그러나 대부분은 여전히 남북 모두에서 버림받은 사람들이다.

대표적인 수록인물 중 하나로 김두봉을 들어보자.

김두봉은 경남 동래 출신의 한글학자로, 3·1운동이 패하면서 중국으로 망명해 30여 년간 항일무장투쟁을 해온 인물이다. 중국 대륙마저 일본군에 점령당했을 때는 중국공산당과 함께 연안으로 후퇴해 조선의용군의 지도자로서 최일선에서 직접 총격전을 지휘

해 '태항산 호랑이'로 불리며 맹위를 떨쳤다. 해방 후에는 고향으로 돌아오지 않고 북한에 머물며 북조선노동당 위원장을 역임하고 남한의 국회의장 격인 최고위원장을 맡는다.

그러나 불과 십 년 후, '종파분자'로 몰려 평안남도 맹산목장에서 막일을 하는 처지가 된다. 초라한 늙은이가 된 그는 훗날 남파 공작원으로 내려온 김진계라는 새파란 지도원에게 자기 아내가 농사일을 견디지 못하니 유치원 교양원이라도 시켜달라고 애원한다. 김두봉이 탐욕스러운 종파분자라고 교육받고 부임했던 김진계는 듣던 것과 달리 '맘씨 순한 시골 할아버지'처럼 보이는 김두봉의 딱한 처지를 동정해 김두봉은 힘든 노역을 시키되 부인은 유치원 교사로 일하도록 건의한다.

작가 김성동의 지식과 정보량은 방대하기로 놀랍다. 인터넷을 이용하지 않음에도 그의 산골 집에 쌓인 헤아릴 수 없는 책들과 자료집이 『현대사 아리랑』 작업을 가능하게 했다. 김두봉이 아직 요직에 있을 때, 한국전쟁이 터지기 직전인 1950년 6월 23일 북한 지역 송악산에서 인민군 군관들을 상대로 눈물을 흘리며 연설한 내용도 진기한 기록으로 찾아냈다.

"(…) 이제는 더 이상 앉아서 기다릴 수 없습니다. 우리의 동포를 해방시켜야만 합니다. 이제 부득이 해방전쟁을 개시하게 되는데, 일주일 동안만 서울을 해방시킬 것입니다. 서울은 남조선의 심장입니다. 그러므로 심장을 장악하게 되면 전체를 장악하는 것이나 다를 바 없습니다. 거기서 남조선 국회를 소집하여 대통령을 새로이 선출하고 인민공화국과 대한민국 정부가 통일이 되었음을 세계만방에 알리면 어느 외국도 우리를 간섭하지 못할 것입니다. 아무쪼록 여러 군관 동무들은 해방전쟁의 본분을 망각하지 마시고 맡은 임무에 충실하시기를 바랍니다."

김두봉의 발언은 한국전쟁의 기원에 대한 많은 의문들을 설명해준다.

김성동의 작업은 이렇게 잊혀간 영웅들, 사라진 애국자들에 대한 기본적인 정보를 제공하는 데 맞춰져 있다. 김두봉뿐 아니라 중국팔로군 포병사령관이던 김무정과 그의 부관이던 백마 탄 여장군 김명시. 노동운동의 선구자이던 박세영, 이주하, 김삼룡. 민족과 계급의 해방을 위해 온몸을 던진 박진홍, 정칠성, 유영준 같은 여성운동가들. 북한사에서 부당한 평가를 받고 있는 이강국, 이승엽, 최용달 등등. 남북 모두에서 사라져 버린 인물들에 대한 변변한 연구나 평전조차 나오지 않은 현실을 안타까워하며 자신의 작업이 그들을 기록하는 기초자료로 제공되기를 바란다.

억울한 죽음에 대한 한 풀기

『현대사 아리랑』은 현대사를 공부하는 역사학자들은 물론, 운동권 이론가들에게 필독서로 권장되어야 한다. 그 이유는 지금까지 운동권이 가지고 있던 해방직후사에 대한 잘못된 지식과 견해들을 수정시켜주기 때문이다.

수록인물 중 대표적인 사례가 박헌영, 이승엽, 이강국이다. 이들은 북한은 물론, 남한의 진보운동 세력으로부터도 '미제 첩자'의 상징적인 인물로 각인되어 있다. 그 근거는 오로지 북한의 재판기록이다. 특히 그중에서도 이승엽은 기회주의적인 정치 모리배로 묘사되어 있다. 김성동은 이러한 인물평과 간첩설이 얼마나 터무니없는가에 대해 많은 사례를 할애한다.

예컨대 세계 최강의 군대인 맥아더의 연합군이 인천에 상륙한 것은 1950년 9월 15일인데 불과 20Km 거리인 서울을 점령한 것은 9월 28일로, 무려 14일이나 걸린다. 물론 인민군의 저항이 거셌기 때문이지만 국군의 기록들을 보면 인민군 정규군보다도 지방의 토착 유격대들 때문에 진군이 지연되었다고 나온다.

이 저항의 중심에 있던 인물이 노동당 서울시당 위원장이던 이승엽이었다. 특히 미군이 서울 시내에 진입하고도 3일간 중앙청을 접수하지 못한 데는 이승엽의 유격대가 결정적인 역할을 했다. 이 공로에 대해 김일성이 이승엽을 칭찬하는 연설을 한 북한의 기록도 엄연히 남아있다.

"영용무쌍한 우리 공화국 년사들이 철수투쟁을 성과적으로 조직할 수 있었던 데는 리승엽 동지의 영웅적 투쟁이 안받침되어 있었습네다."

이런 이승엽이 일제의 첩자였다가 미제의 첩자로 변신한 비겁한 기회주의자로 바꿔치기 된 데 대해 김성동은 분노한다.

남로당 출신으로, 전쟁 당시 휴전을 성사시켜 보겠다고 남북을 오갔다가 남북 모두로부터 간첩으로 몰리고 남한 감옥에서는 감옥살이까지 해야 했던 박진목이란 인물은 회고록에서 말한다.

"그(김일성)가 무슨 말을 해도 남로당 계열을 숙청하는 구실이 너무나 졸렬하고 가소로운 일이라 하지 않을 수 없다. 박헌영, 이승엽 그들이 무엇을 바라서 미국 스파이를 하고 일평생 가면을 쓰고 살아야 했단 말인가? 너무 지나친 장난이다. 그들은 또 북쪽에 가서 그 정권의 2인자 3인자이고 각료들이다. 실질적인 실권자들이다. 배철 같은 사람은 대남연락책이라는 중책을 맡고 있었다. 그렇다면 남과 북 양쪽에서 일어난 모든 일들이 전부 미국 측이 스파이들을 통해 야기시킨 것이 된다. 답답한 일이다."

박헌영 사건이나 김두봉, 김무정 등에 대한 숙청에 대해 분개하면서도 김성동은 사회주의 운동 자체에 대해서는 상당히 호의적인 시선을 가지고 있다. 아마도 남한에서 김성동만큼 사회주의 혁명가들에 대한 애정을 가진 작가는 찾을 수 없을 것이다.

아마도 이 책은 작가 김성동이 북한 정부에게 보내는 이들에 대한 복권을 요구하는 진정서일지도 모르겠다. 최근 남한에서 보도연맹사건으로 학살된 이들에 대한 보상이 이뤄지고 간첩 혐의로 죽은 조봉암의 복권이 이뤄진 것처럼, 북한 역시 건국 과정에서 일어났던 내부 갈등에 대해 대범하게 인정하고 이제라도 이들에 대한 간첩혐의를 벗겨주고 복권조치를 하도록 바라는 듯하다. 김성동의 바람이 무리일까? 스탈린 치하에서 수십만 명이 간첩으로 몰려 처형되었으나 스탈린 사후 대부분 복권되었던 전철을 밟는 것이 북한 체제에 그다지도 치명적일까?

문화예술의 본령 찾기

이 책에서 유난히 많이 등장한 직종은 문화예술가들이다. 민족의 아픔, 시대의 불의와 맞서 싸운 문화예술인에 대한 작가 김성동의 애착은 크다.

자진 월북했으나 개인 우상화 작업을 거부하여 창작권을 박탈당하고 초라하게 죽어간 단편소설의 대가 이태준. 항일운동으로 시작해 항미빨치산에 참가했다가 동상에 걸려 발이 거의 썩어 없어진 채 남한 군대의 총에 맞아 죽은 극작가 이동규. 항미투쟁의 거의 모든 노래를 작사하고도 결국에는 미제의 간첩으로 몰려 처형당한 임화. 역시 거의 모든 빨치산의 노래를 작곡했으나 박헌영 환영식에서 피아노 연주를 했다는 이유로 창작을 금지당한 채 비참하게 죽어간 동양이 낳은 천재 작곡가 김순남 등 시대 상황에 희생된 예술가들에 대한 김성동의 애도에는 피눈물이 흐른다.

이는 작가 김성동이 평소 가지고 있던 문화예술관의 반영이기도 하다. 얼마 전 문예잡지 『리얼리스트』 3호에 실린 대담은 오늘의 남한 문학에 대한 그의 시각을 명징하게 보여준다.

"하여튼 문예중앙을 조금 봤는데, 우선 이름을 전혀 모르겠구 두서넛이 뭐라고 중얼거리는데 뭔 소린지 전혀 모르겠더라니께. 아 뭐라뭐라 허구 존재구 본질이구 얘길 하는디 전혀 아니여. 그래서 내가 알았지. 아, 요즘 이렇게 변했구나. 그니께 전성태 애덜 하고도 전혀 다르데. 걔는 그래도 농본주의 정서가 있단 말이여. 역사의식이라든가 기본적인 건 있단 말이지. 그런데 그런 게 전혀 없더라는 거지. 그리구 왜 소설이 서사이어야 하냐구 부르짖던데 자긴 그거 갖구 싸웠대. 이게 무슨 대담인지 지들끼리 인터넷에 연재허구 뭐라뭐라 하는데 도대체 뭔 소린지…."

문예창작의 주제와 소재는 작가들의 완전한 자유라 하더라도, '소설에 왜 서사를 넣어야 하느냐?'고 도리어 따지는 작금의 젊은 작가들에 대한 우려는 크다. 이는 오늘 갑자기 나타난 현상이라기보다, 일제 치하부터 부당한 사회현실에 저항해 몸 바쳐 싸웠던 뛰어난 작가들이 대부분 월북한 후 남한 땅에 남은 '찌끄러기' 친일파 삼류작가들이 문예단체며 대학교단이며 교과서를 채워온 탓이라고 그는 생각한다.

더욱이 '봉건주의 잔재가 있고 친일파들이 설치는 남한 사회에서는 주체성 있는 예술을 진흥시킬 수 없다고 생각해 사회주의 운동만이 예술의 본질을 살릴 수 있다는 신념'으로 월북한 천재적인 문화예술인들이 막상 '당이 모든 작품활동을 사상의 테두리 속에 꿰어 맞추려 하고 김일성의 만주항일투쟁만 찬양하도록 지시하는 풍토'에 실망하고 좌절한 채 창작활동을 못하게 됨으로써 한국 문학의 전통이 단절되었다고 그는 생각한다.

김성동이 최근 당대사 문제에 관심을 가진 몇 안 되는 작가들과 뜻을 모아 '고루살이문학회'를 창립하고, 『현대사 아리랑』의 인세를 털어 우수한 리얼리즘 문학작품에 '고루살이문학상'을 수여한 것은 우연한 일이 아닌 것이다.

마지막으로, 이 책 『현대사 아리랑』은 독자의 수준을 가늠하는 척도가 되리라 생각한다. 원고지 7백 매를 장편소설의 상한으로 정하는 요즘의 문학풍토에서 원고지 2,500장에 5백 쪽이 넘는 이 두꺼운 책을 얼마나 흥미롭게 손을 놓지 못하고 읽느냐가 독자의 지적 수준의 척도가 될 것이다. 또한 읽는 내내 얼마나 흥분하고 분노하느냐가 독자의 의식 수준의 척도가 될 것이다. 이 책은 결코 역사책이 아니다. 오늘을 이야기하는 책이다. 이 사회를 고민하고 내일을 걱정하는 사람이라면 꼭 읽어보기를 권한다.

(『녹색평론』, 2011년 1월)

호랑이를 잡으러 떠난 김문수 형,
이제 그만 돌아오시지요?

1.

1992년 겨울, 몹시 추웠던 어느날로 기억됩니다. 제가 노동운동으로 두 번째 감옥살이를 하고 나와 구로공단의 노동인권회관서 일할 때였지요. 진보정당인 민중당의 노동위원장을 하고 있던 형이 먼저 밥을 먹자고 연락이 왔기에 나간 자리였습니다. 그 자리에서 형은 너무나 놀라운, 뜻밖의 말을 하더군요.

"호랑이를 잡으려면 호랑이 굴에 들어가야 한다. 우리가 밖에서 싸워서 이룬 게 뭐가 있냐? 권력 속으로 들어가야 한다."

저는 분노를 억누를 수가 없었습니다. 우리의 투쟁으로 얻은 게 아무것도 없다는 전제부터가 제 생각과 달랐습니다. 유월항쟁으로 민주화의 대약진을 이뤘고 1987년 대파업으로 노동자의 권리도 급격히 신장되던 시절이었기 때문입니다. 더군다나 호랑이 굴에 들어가자는 말은 곧 보수 세력에 붙자는 충격적인 제안이었습니다. 민중당의 정치실험이 실패한 데 대한 한탄까지는 이해되었지만 현직 민중당 노동위원장이 공공연히 집권여당에 함께 가자고 제안하다니 기가 막히더군요.

"형은 그럼 다수 대중이 민주주의를 누리고 복지를 누리게 되더라도 자기 자신이 국회의원이나 정부 관리를 차지하지 못하면 아무 소용이 없다는 건가요?"

대충 그런 항변을 한 듯합니다. 어찌나 화가 나던지 마구 싫은 소리를 퍼붓다가 밥도 먹다 말고 추운 거리로 나와 버린 기억이 납니다.

2.

얼마 후 노동인권회관이 운영난으로 문을 닫게 되었을 때, 이사들 사이에 구로공단 사무실은 폐쇄하되 김문수 씨에게 명목상의 소장을 맡기겠다는 이야기가 나왔습니다. 저는 그때만 해도 형이 마음 고쳐먹고 다시 노동운동을 하려는가 보다 생각하며 찬성했지요. 그런데 불과 얼마 지나지 않아 당신은 당시 정부여당이던 민자당으로 들어간 것입니다. 노동인권회관 소장이라는 직함을 단 채로.

사람들은 놀라기도 하고 분노하기도 했지만 이미 호랑이 굴에 들어가겠다는 의향을 들었던 저는 그다지 놀라지 않았습니다. 사람들은 당신이 전향했다고 비판했지만, 나는 당신을 제대로 된 사회주의자라고 생각한 적이 없었기 때문에 배신이란 말은 맞아도 전향이란 표현은 어울리지도 않는다고 보았습니다. 다만 노동인권회관 소장이라는 직함이 얼마나 도움이 되었을까 궁금할 따름이었습니다.

일단 호랑이 굴에 들어간 당신은 너무나 잘했습니다. 쟁쟁한 호랑이들을 다 제치고 3선 의원에 도지사 자리까지 차지했습니다. 당신의 말대로 이제 호랑이들을 몽땅 때려잡을 때가 온 걸까요?

3.

개인적으로 형은 제게 고마운 사람입니다. 노동운동을 할 때 대학서점을 통해 유인물을 만드는 등 도움을 받기도 했거니와, 제가 공장에 다니며 쓴 글을 높이 평가해 작가로 등단하게 만들어준 은인이기도 합니다. 그런데 호랑이 잡으러 간 당신에 대해 가끔씩 들려오는 보도들은 참으로 복잡한 소회를 불러일으킵니다.

당신은 전면 무상급식을 북한식 사회주의라고 비난합니다. 촛불집회가 열리자 '누가 미국산 소고기 먹고 배탈 난 사람 있느냐,

왜들 저러냐?'고 냉소합니다. 광화문에 이승만의 동상을 세워야 한다고 주장합니다. 도지사로서 쌍용차 농성을 폭력으로 진압한 경찰관들을 표창합니다. 김구 선생과 안중근 의사를 테러리스트라고 주장하는 단체 뉴라이트의 지도자입니다. 일제의 식민지 지배가 아니었다면 오늘의 한국은 없었을 거라고 공개적으로 주장한 적도 있습니다. 4대강 죽이기 사업에 대해서도 적극 찬성합니다.

이런 말들을 들을 때마다 정말 대단한 사람이라는 생각이 듭니다. 왜냐구요? 호랑이를 잡기 위해 너무나 비상식적인 행동과 주장을 해대다니, 정말 놀라운 위장술이라고 말입니다. 이제 진짜 호랑이를 때려잡겠구나, 이 땅의 보수기득권 세력들이 속았다고 개탄할 날도 얼마 남지 않았구나 나름 기대되기도 합니다.

물론, 이 말은 농담입니다. 저는 진실로 형이 걱정됩니다. 호랑이를 잡으러 간 사람이 거꾸로 호랑이에게 동화되어 굴에서 나오지를 않으니 말입니다. 아니, 호랑이들처럼 잔인하게 변해 약자를 억누르고 상식을 외면하고 궤변을 늘어놓으니 말입니다.

4.

우선 전면 무상급식 문제를 봅시다. 세계에서 가장 가난한 나라 중 하나인 북한이 대학생까지 모든 학생을 무료로 가르치고 또한 무상으로 급식한다는 사실을 모르는 사람은 없을 것입니다. 결코 북한을 찬양하기 위해 이 이야기를 꺼내는 것은 아닙니다. 그 가난한 정부가 어떻게 이런 일을 할 수 있을까 궁금해서 하는 말입니다.

제 생각에는 교육비나 급식비는 국외로 유출되거나 소모되어 사라지는 비용이 아니기 때문에 가난한 나라라도 실현이 가능한 것입니다. 나라 돈으로 무상교육과 급식을 한다 해도 그 돈은 농민에게 가고 교수에게 갈 것이요, 그들이 돈을 쓰는 대로 다시 순환되고 세금이 되어 국가로 귀속될 것입니다. 해외여행이나 사치품 수입과는 다른 경우지요. 가난한 북한도 하는 일을 이 부자나라 남한이 못한다는 건 말이 안 됩니다.

한나라당은 부자들에게 혜택을 주지 않기 위해, 그야말로 역차별을 막기 위해 전면 무상급식을 해서는 안 된다고 주장하지만, 사실 부자들이야말로 무상급식을 반대하는 세력이란 점을 당신은 잘 알고 있을 것입니다. 가난한 이들이 공부하기가 어려워야 부자들이 좀 더 특혜를 누릴 수 있기 때문이지요. 한나라당의 궤변에 당신이 앞장서 동조하는 모습, 정말 보기 좋지 않습니다.

5.

일제의 식민지 지배가 아니면 오늘의 한국은 없었다고요? 이 문제의 대답은 더욱 간단합니다. 그러면 영국과 미국은, 그리고 일본은 어느 나라의 식민지였기에 부자가 되었나요? 또한 최근의 중국은 어느 나라의 식민지이기에 불과 십여 년 만에 세계 초강대국으로 발전했나요?

봉건독재체제에서 자본주의로 변화할 때 생산력이 급격히 발전한다는 사실은 세계적인 경험입니다. 선진국의 식민지 지배를 받는 경우 발전이 극히 더디다는 사실 역시 공통된 경험입니다. 조선이 일제 식민지에 편입되어 폭압적인 지배를 받지 않고 정상적으로 자본주의가 도입되었다면 우리 경제는 적어도 이삼십 년은 앞서게 되었을 것입니다.

이것은 너무나 상식적인, 기초적인 경제이론이자 실제입니다. 그런데 일본의 지배가 있었기 때문에 한국이 부자가 된 거라고요? 정말 진심입니까? 아니면 친일, 친미파가 주류인 저 수구보수 한나라당에게 잘 보이기 위한 접대성 발언입니까?

6.

이승만 문제도 봅시다. 한국이 분단된 것은 미국과 소련 때문이며 이승만은 책임이 없을 뿐 아니라 대한민국의 건국대통령으로 대접받아야 한다고요? 광화문이나 경기도에 이승만의 동상을 세워야 한다고요? 나아가 전두환의 보조자였던 최규하의 동상도 세워야 한다고요?

제 생각에는 이런 말 역시 당신의 본심이라기보다 보수우익을 위한 접대성 발언 같은데, 만일 진심이라면 정말 너무나 황당합니다. 한국 현대사에 대해 너무나 무식한 발언이기 때문입니다.

제가 지난 십 년 가까이 한국 현대사를 집중 공부하여 여러 권의 책을 썼습니다만, 김일성이나 이승만에게 분단의 책임이 없다는 결론을 내릴 수는 없었습니다. 처음 남북을 나눈 것은 미국과 소련인 것이 확실하고, 두 사람 모두 통일을 위해 전쟁을 불사하는 사람들이었던 것도 사실입니다. 그러나 결국 스스로 외국군을 불러들여 분단을 고착화시키고 자신들의 권력유지를 위해 이를 이용했다는 사실은 숨길 수 없습니다.

특히 이승만은 전쟁이 터지자 최소 이르는 무저항의 사상범들을 살육합니다. 종전 후에는 경제개발 따위는 무시한 채 오로지 권력유지에만 혈안이 되어 나라를 피폐하게 만듭니다. 이승만이 좀 더 젊었거나, 4·19혁명이 없었다면, 대한민국은 훨씬 오랫동안 혼란과 가난에 시달렸을 것입니다.

이런 사람을 국부라고 숭배하여 광화문 한복판에 동상을 만들어야 한다고 강변하고 다니는 당신, 참 훌륭하십니다.

7.

쌍용자동차 농성 사태도 그렇습니다. 회사 운영에 대해서는 아무 책임도 없는 9백 명에 이르는 노동자들이 졸지에 해고되어 이에 항의하는 데 대해 당신은 처음부터 끝까지 냉소적이었습니다. 그 과정을 일일이 나열할 순 없지만, 누가 쌍용차에 투자를 하겠냐고 말했다거나 진압에 앞장선 경찰관을 표창한 사실만으로도 알 수 있습니다.

쌍용차 농성이 막바지로 치달을 무렵, 저는 거의 빠짐없이 농성장 주변에서 밤낮을 지샜습니다. 무자비한 진압으로 수많은 노동자가 부상을 입는 전 과정을 농성장 안의 노동자들과의 전화를 통해 들으며 함께 분노하고 고함쳤습니다. 함께 최루탄을 맞으며 분루를 흘렸습니다.

그런데 이제 고위직 관료가 된 당신은 경기도가 쌍용차에 무슨 책임이 있느냐며 냉소하고, 무자비한 폭행으로 노동자들을 짓밟은 경찰관들에게 스스로 표창장을 제안하고 또 수여했습니다.

정말 놀라운 일입니다. 이유와 과정이 어찌 되었든 궁지에 몰린 약자들이 최후의 저항을 하는 비참한 상황을 이처럼 무자비하게 냉소할 수 있는 당신, 이것이 본래 당신의 모습입니까? 결코 그렇지 않다고 믿고 싶습니다. 김문수 형, 이제 그만 호랑이 껍질을 버리고 우리에게 돌아오세요.

8.

이번 도지사 선거에서 당신이 경쟁자인 유시민 후보에게 퍼붓는 비난 역시 상식을 초월합니다. 특히 천안함 사건과 관련해 유시민 후보를 친북좌파라고 비난하는 부분은 저를 다시 분노케 만듭니다.

당신은 여러 인터뷰에서 진보운동을 했지만 북한은 싫어했다고 고백합니다. 저는 그 말을 믿고, 동의합니다. 기본적인 민주주의 제도, 즉 거주 이전과 언론집회결사의 자유가 없는 북한을 찬양한다면 제정신을 가진 사람은 아닐 것입니다.

소위 운동권이 북한에 대해 직접적인 비판에 조심하는 것은 북한 정권을 지지해서가 아니라 남북관계가 악화될 경우 이로 인해 남북의 민중들이 입을 피해와 통일이 지연되는 것을 우려하기 때문입니다. 물론 심정적으로까지 북한을 찬양하는 사람들이 없지는 않지만 대단히 극소수이고 운동권 내부에서도 배척받고 있음은 다 아는 사실입니다.

유시민 후보를 포함해 대다수의 운동권 출신들이 친북과는 전혀 거리가 멀다는 사실을 누구보다 잘 알고 있을 당신이 수구보수 세력과 손을 잡고 우리를 친북좌파라 비난하는 것은 정말 몰염치한 짓입니다. 어떻게 이렇게까지 할 수가 있습니까?

천안함 사건에 대해 말하자면 저는 그 어떤 증거를 들이대더라도 이 정부의 발표를 그대로 믿기가 어렵습니다. 이 자리에서 자세한 논쟁을 할 수는 없지만, 이 사건은 역사적 의문으로 남을 것이며, 언젠가는 진실이 밝혀질 것이라 봅니다.

만일, 이명박 대통령의 발표 그대로 북한의 소행이라면 정말 북한은 남한의 민주주의나 진보에는 전혀 관심이 없는, 불량한 독재 국가임에 틀림없겠지요. 거의 매번 큰 투표가 있을 때마다 잠수함이니 간첩단을 보내 민주화에 찬물을 끼얹으니까요.

그 어떤 경우라도 상관없이, 당신의 맞수인 유시민 후보나 한명숙, 송영길, 김두관, 안희정 등등 민주파 후보들 그 누구도 친북좌파가 아니란 사실은 너무나 명백합니다. 그들을 북한과 연계시켜 보려는 당신의 의도는 처연한 느낌까지 줍니다. 저렇게까지 해서 권력을 잡고 싶을까 하는….

9.

다시 그 겨울날로 돌아가, 호랑이를 잡으러 호랑이 굴에 들어가겠다던 이야기를 떠올립니다. 이에 대해 당신은 보다 솔직하게 인터뷰를 한 적도 있더군요.

"존재가 의식을 결정한다면, 그런 점에서 맞다. 그때 나이는 들어가고 현실적으로 하는 것마다 깨졌다. 만약 현실이 성공했다면 생각이 달라졌을 것이다."

만일 현실이 성공했다면? 그러니까 민중당으로 국회의원 배지를 달았다면 계속 가난한 서민의 편에 섰을 것이다? 그런데 실패했기 때문에 부자들에게 갔다? 그들이 당신을 인정해주었기 때문에? 당신을 출세시켰기 때문에?

우리가 민주화니 노동운동을 한다고 굶주리고 매 맞고 감옥에 간 것은 결코 국회의원이 되려고 한 일이 아니라는 것, 세상이 좋아져 국민들이 누구나 자유롭게 정치적 의견을 말하고 두려움 없이 자신의 권익을 위해 집단행동을 할 수 있게 되었다는 점만으로도 충분히 그 보상을 받은 것이라는 말을 더 이상 하지는 않겠습니다.

김문수 형, 이제 그만 돌아오세요. 호랑이를 잡으러 호랑이 굴에 들어갔다가 영혼마저 호랑이에게 먹혀버린 비극의 주인공인 당신, 더 이상 역사의 죄인이 되어서는 안 됩니다. 다른 사안들을 다 놔두더라도 4대강 죽이기를 강행하는 것만으로도, 제가 살고 있는 아름다운 동네 여주 이천의 강들을 흉측하게 파헤쳐 놓은 오늘의 죄업만으로도 역사의 죄인일 수밖에 없습니다.

형, 이제 그만하고 돌아오십시오. 진심으로 형을 위한 저와 또 많은 동료들의 진정한 애정을 더 이상 외면하지 마십시오.

(『오마이뉴스』, 2010년 5월)

5만 원, 당신의 마음을 받았습니다

오늘 낮, 5월 심상정 후보의 사퇴 발표가 있던 시각, 우리는 안산에서 유시민 후보의 유세를 듣고 있었습니다.

당신은 언제나처럼 허름한 잠바에 낡은 오토바이를 타고 왔지요. 탄광에서 15년, 안산공단으로 올라와 용접공으로 한 공장에서 20년 세월을 일해온 당신, 정년퇴직 후에도 같은 공장에서 계약직으로 몇 해째 일해온 사이 당신의 머리는 백발이 되어 있었습니다.

"낼 모레 환갑인데 아직도 오토바이 타세요? 만년청춘이시네요."

오랜만에 만나는 내 말에 당신은 잔주름 늘어난 마른 얼굴로 허허 웃었지요. 이십여 년 전 탄광에서 광부로 ˚처음 만났을 때 그 탱탱하던 젊음은 사라지고 햇볕도 쬐지 못해 창백한 늙은 얼굴이 마음 아팠습니다.

　탄광에서 여러 해 동안 열심히 노동운동을 했고, 지금도 마음은 변치 않은 당신, 유세장에 들어서서 내가 잠시 한눈을 파는 사이, 갑자기 내 주머니에 5만 원을 넣어주었습니다. 집에 들어갈 때 아이들에게 과자라도 사주라고 말입니다. 여러 사람 있는 데서 승강이를 할 수도 없고, 완강히 거부하면 오히려 서운해 할까봐 그냥 넣어 둘 수밖에 없었습니다.

　열렬히 환호하는 지지자들을 향해, 유시민 후보는 먼저 심상정 후보가 야권후보 단일화를 위해 용퇴했다는 소식을 전했습니다. 이에 지지자들이 박수를 치며 환호하자 제지하며 말했습니다. 사퇴를 기뻐하기 전에 심 후보와 진보신당 당원들의 고통을 헤아려 감사의 박수를 보내자고요. 미안하고 감사하며 그 기대를 저버리지 않겠다고 약속했습니다.

　당신은 박수를 치며 말했습니다.

　"심상정 씨 잘한 거예요. 우리 진보는 분열로 망하잖아요. 서로 생각이 다른 거야 어쩔 수 없더라도, 적어도 선거 때는 하나로 합쳐야 해요. 안 그러면 김문수 같은 추잡한 변신괴물이 다시 당선되잖아요. 참 용기 있는 사람이에요, 심상정. 앞으로는 심상정도 지지할 거예요."

　사실 나는 좌파가 분열로 망한다고 생각하지는 않습니다. 보수 우파들은 이미 취득한 금권을 유지하기 위해 현재 사회구조를 그대로 온존시키면 되기 때문에 이론적으로 갈라질 일이 별로 없습니다. 그러나 아직 실현되지 않은 미래를 준비하는 사람들은 제각기 서로 다른 상상과 계획을 가지는 게 당연합니다.

나는 그것을 억지로 묶어 놓을 필요도 없다고 생각합니다. 남미나 유럽처럼 제각기 다른 진보정당이 몇 개씩 존재하고 정파들은 십여 개가 넘는 현상이 오히려 정상이라고 생각합니다. 다만 선거 때, 혹은 중요한 사안이 있을 때는 서로 양보하고 이해하고 힘을 합쳐 공동투쟁을 해야 한다고 봅니다. 그런 점에서 당신의 생각에 동의하지만, 유시민 후보의 연설을 듣느라 그런 말을 할 수는 없었습니다.

유시민 후보의 연설은 들을 만했습니다. 탁월한 연설가인 그는 결코 북한 정권을 지지한 적이 없는 민주 세력을 친북좌파로 비난하는 김문수 후보의 몰염치에 대해서, 이명박 정부의 반민주적 행태에 대해 어느 때보다도 강력하게 비판을 퍼부었고, 당신은 그때마다 환호로 응했습니다.

특히 당신은 유시민 후보가 김문수는 부자와 권력 있는 사람들을 위한 공약을, 자신은 평범한 서민과 노동자들을 위한 공약을 펼치고 있다고 말할 때 가장 열심히 응원을 했습니다.

사실 이 주장은 논란이 있을 수 있습니다. 심상정 씨의 진보신당이야말로 현재의 범야권 4당이 노동자, 서민의 문제를 해결하는 데 한계가 있다고 주장하며 만든 정당이기 때문입니다. 참여정부 때부터 시작된 비정규직 문제의 심각성을 걱정하던 나 역시 진보신당이 창당되자마자, 난생 처음으로 스스로 정당의 당원으로 가입했고 홍보대사로 활동했으니까요.

그런데 이 문제에 대해서도 당신은 단순하고도 명쾌한 생각을 가지고 있었습니다. 유 후보의 연설이 끝나고 천정배 의원의 지지 연설이 시작되어 다소 여유가 생겼을 때, 당신은 말했습니다.

"참여정부가 완벽하지 못했던 거 사실이고 잘못도 많았어요. 그거 모르는 사람이 어딨어요? 그렇지만 민주당이 잘못했다면 진보정당들은 그보다 더 좋은 공약, 더 대중적인 공약을 내세워 지지를 얻었어야죠. 지지도를 높일 좋은 기회였는데 전혀 그러지를 못하고 민주당 탓만 하면 뭐하겠어요?"

진보정당에 대한 당신의 비판은 매우 엄했습니다.

"한나라당 지지하는 사람들은 전부 수구꼴통이라고 욕하고, 민주당 지지하면 똑같은 놈들에게 속는 거라고 뭐라 하니, 그럼 국민의 95프로가 나쁜 놈이거나 아니면 바보란 말인가요? 사람들을 설득하지 못하고, 나만 옳다고 주장하려면 정당운동을 왜 해요? 옛날처럼 그냥 운동단체로 남지."

그래도 당신은 진보정당에 대한 애정과 소망을 가지고 있었습니다.

"이번에는 심상정 후보가 피눈물 흘리며 물러났지만, 다음번 선거에서는 진보정당이 압도적인 지지를 얻어가지고 거꾸로 민주당이나 참여당에게 후보를 단일화하라고 압박을 넣었으면 좋겠어요. 물론 그렇게 하려면 진짜 대중들이 원하는 게 뭔지 고민하고 진짜 그럴듯한 미래상을 보여줘야지요."

냉철하게 반짝거리는 정치적 식견을 보여주던 당신은 그러나 유세장의 소란이 잦아들면서 현실로 돌아왔습니다. 헤어지려고 내 차 있는 곳까지 걸어갈 때, 당신은 힘없이 말했습니다.

"아무리 생각해도 말이오. 돈 많고 권력 있는 사람들은 우리 노동자들이 가난하기를 원하는 것 같애. 안 그래요? 우리가 부자가 되면 누가 더러운 일, 힘든 일을 하겠어?"

당신은 내가 아는 것만도 35년 동안, 이리저리 이직을 한 것도 아니고 오로지 한 군데 탄광과 한 군데 공장에서 최고 기술자로 일했지요. 얼마나 열심히 일하면 정년이 지났는데도 몇 년씩 붙잡고 일을 시키겠습니까? 그런데 당신의 재산이라고는 팔고 싶어도 팔기도 어려운 안산 외곽의 낡아빠진 싸구려 연립주택 한 채뿐입니다.

"내가 지금 얼마 받는 줄 알아요? 이것 저것 떼고 나면 내 손에 80만 원 들어와요. 퇴직하기 전에도 겨우 110만 원 받았어요. 집 사람이 마트에서 밤 열 시까지 일하고 70만 원 받아오는 게 우리 수입의 전부요. 한 달 150만 원으로 애들 가르치고 먹고 사는 게 얼마나 힘든지 알지요? 노동자는 영원히 이렇게 살아야 하나봐."

와락 부끄러워졌습니다. 한 달 150만 원으로 자식들을 대학까지

가르쳐온 당신이, 그래도 당신보다는 잘산다고 할 수 있는 지식인
인 내게 5만 원을 주다니. 옛날, 공장에서 노동운동을 하다가 분신
으로 죽은 벗 박영진이 명절날 받은 2만 원 상여금에서 5천 원을 떼
어 반강제로 내게 주며 아이들 과자 사주라고 했던 기억이 떠올랐
습니다.

집에 오는 길에, 아카시아 향기 가득한 용인휴게소에서, 심상정
씨에게 개인 문자를 보냈습니다. 힘들고 어려운 결정 존중한다고,
이번 일을 통해 더 많은 진정한 지지자를 얻게 될 것이라고, 힘내
라고 문자를 보냈습니다.

강력한 당내 반발에도 사퇴를 강행한 심상정 후보의 고뇌에 찬
결단에도 불구하고, 선거의 전망이 여전히 불투명한 2010년 5월
30일 밤, 투표를 사흘 앞둔 이 밤중에, 한사코 자리를 뜨지 않고,
내가 보이지 않게 될 때까지 아스팔트 위에 서서 손을 흔들던 당
신을 생각합니다. 당신과 박영진, 그리고 근본이 선량한 저 수많
은 노동자들을 생각합니다.

선거는 민주주의의 꽃입니다. 무작위 대중을 상대로 하는 선거
제도 자체의 맹점도 있지만, 지금까지 인류가 만들어 놓은 최선의
제도 중 하나입니다. 유시민이든 심상정이든 그 누구든 서민대중
을 생각하고 노동자를 생각하는 사람들이 한 명이라도 더 정치에
진출하여 올바른 정책을 펼치도록, 투표도 하고 질책도 하고 격려
도 하는 축제가 되었으면 좋겠습니다.

나는 지금도, 다른 어느 당보다도 진보신당이 노동자 서민을 위한 최선의 정책들을 내놓고 있다고 생각합니다. 모두들 꼭 투표에 참가하고 정당 지지표는 진보신당에 몰아주어 심상정 씨는 물론, 부산시장 후보 단일화를 위해 용퇴한 김석준 씨 같은 분들의 결단에 힘을 실어주었으면 좋겠습니다.

(『오마이뉴스』, 2010년 5월)

제2부

비운의 혁명가 박헌영

해방 직후 세워진 조선공산당과 남로당의 지도자 박헌영에게는 늘 비운의 혁명가라는 접두어가 붙는다. 일제 때부터 항일 공산주의 혁명가로 널리 알려져 해방 당시 공산주의자들의 절대적인 지지를 받았음에도 월북 후 미제의 간첩으로 몰려 처형되었기 때문이다.

격정의 20세기가 열리던 1900년 5월 충남 예산에서 태어난 박헌영은 경성고보 시절 삼일만세운동에 나선 것을 시작으로 해방되기까지 26년간 오로지 항일투쟁에 헌신한다. 삼일운동 이듬해 상해로 건너가 여운형, 조봉암 등 선배 운동가들의 지도로 공산주의자가 된 그는 이듬해 결성된 고려공산청년단 상해회의 비서로 활동하다 체포된다. 2년 가까이 옥살이를 하고 나온 후에는 『동아일보』 기자로 재직하면서 비밀리에 조선공산당 결성을 주도하다가 또다시 체포되어 다시 2년 여의 감옥살이 끝에 병보석으로 석방된다. 이때 정신병으로 위장하기 위해 자신의 똥까지 먹었다는 일화는 유명하다. 석방된 그는 소련 모스크바로 건너가 공산당 고급간부 양성학교인 국제레닌학교를 졸업하고 다시 국내에 잠입하려다가 상해에서 체포되어 혹독한 고문과 함께 1939년까지 다시 6년 여의 감옥살이를 한다.

세 번에 걸친 체포와 재판 소식은 매번 신문지상에 상세히 보도되어 조선 지식인이라면 박헌영을 모르는 사람이 없었다. 심지어는 첫 부인인 주세죽과의 결혼 소식까지 신문에 날 정도였다. 해방 직후 지식인을 상대로 한 여론조사에서 지도자감으로 이승만, 김구, 여운형에 이어 박헌영이 꼽혔던 것은 우연이 아니었다.

석방되자마자 경성콤그룹을 결성해 수배당한 상태에서 전라도 광주의 벽돌공장 인부로 은신하다 해방을 맞은 박헌영은 곧바로 결성된 조선공산당 책임자가 되고 이듬해 좌파연합으로 결성된 남로당의 실질적인 지도자로 활동한다. 그러나 미소의 냉전으로 공산주의자들이 혹독한 탄압을 당하면서 해방 1년 만에 월북을 하게 된다.

월북한 박헌영은 북한 땅 해주에 거점을 두고 이후 수년 간 남한의 무장빨치산투쟁을 지원하다가 1950년 한국전쟁을 맞게 된다. 그리고 전쟁이 끝날 무렵 '박헌영이 전쟁을 선동했으며, 전쟁

중에는 미제의 간첩으로서 미국에 정보를 제공했기 때문에 승리하지 못했다.'는 명분으로 체포되어 처형된다.

북한은 제주도의 4·3 무장봉기와 여순반란으로 남한이 이미 내란상태에 돌입해 있었고 남한 정부가 수차례나 대대급 병력을 동원해 38선 이북을 공격해왔다는 점에서 북침에 대한 응전이었다고 주장하지만, 북한이 전면전을 일으킨 것은 자명했다. 그리고 이를 주도적으로 추진한 것이 박헌영이 아닌 김일성이란 점도 명백했다. 소련 붕괴 이후 러시아 고문서 보관소의 기밀 문건들은 김일성과 박헌영이 수차례나 스탈린과 모택동을 방문해 전면전을 허가, 지원해줄 것을 요청했는데 그 과정에서 박헌영은 거의 한 마디도 하지 않고 자리만 지켰음을 기록하고 있다.

간첩 혐의에 대해서도 마찬가지다. 북한 정부 수립을 주도했던 소련 교포들은 소련으로 돌아간 후 남한의 기자들에게 박헌영이 간첩이 아니며 누명을 썼을 뿐임을 거듭 증언한다. 그럼에도 북한의 재판기록만을 읽은 이들은 박헌영 간첩설을 아직도 믿는다. 소련식 사회주의가 초라한 성적표를 낸 채 붕괴하고, 북한 정권의 오류도 더 이상 변명할 수 없는 지경이 된 오늘날, 박헌영이 스탈린식 공산주의에 회의를 느끼고 자유민주주의 이념에 동조했다고 해도 잘못이라고 말할 사람은 별로 없을 것이다. 그러나 불행히도 그는 끝까지 소련과 북한의 지도부를 믿었고, 그럼에도 미제의 간첩으로 몰려 처형되었으니 비운의 혁명가가 된 것이다.

오늘의 우리가 박헌영의 시대에서 교훈을 삼아야 할 것이 있다면, 한국전쟁 발발 전에 김일성과 이승만은 똑같이 사흘이면 통일을 할 수 있다고 전면전을 주장했다는 점이다. 막상 전쟁이 터지자 이승만은 허겁지겁 도망치기 바빴고, 김일성은 석 달을 두고도 부산까지 진격하지 못한 채 오히려 압록강 너머로 도망쳤다가 중국군의 도움을 받아서야 돌아온다. 그리고도 두 사람은 반성이라곤 모르는 채 이승만은 공산주의자들에게 책임을 전가하고, 김일성은 박헌영을 내부의 적으로 몰아 정치적 위기를 극복한다.

연평도 사태 이후 냉전으로 치닫는 남북의 정세를 보면서, 남북 지도자들의 무모한 허세를 보면서, 죽은 이승만과 김일성을 떠올리는 것은 지나친 일일까?

(『교수신문』, 2010년 12월)

혁명과 일상의 사이

    문학은 세상의 모든 것을 그려낼 수 있지만 그중에서도 세상의 어두운 부분을 비출 때 그 존재가 더욱 빛납니다. 가난하고 약한 자에 대한 따뜻한 시선은 대부분 작가들의 타고난 심성일 뿐 아니라 문학을 사랑하는 독자들의 것이기도 합니다. 주류의 삶으로부터 소외되어 힘들게 살아가는 이들에게 관심을 갖게 하고 양심을 일깨우는 일은 문학이 가진 중요한 사회적 기능의 하나입니다.

    응웬옥뜨 씨의 『끝없는 벌판』은 그런 점에서 대단히 의미 있고 가치가 있는 작품이라고 생각합니다.

    제가 아는 베트남은 프랑스와 미국의 제국주의 침략에 맞서 영웅적으로 싸워 이긴, 세계사에 유래가 없는 자랑스런 국가입니다. 이를 이끈 베트남 혁명 세력은 과거의 공산주의 권력자들과 달리

잔인한 숙청이나 지도자 우상화 같은 반혁명의 길을 택하지 않았습니다. 그들은 혁명이 어떤 주의나 사상이 아니라 인민의 행복을 위해 시작되고 또 완성되어야 한다는 진리를 추구하려 노력해왔습니다. 이미 1980년대 후반에 시작한 도이모이 정책은 그러한 사상의 결과물로, 어떤 사회주의 국가보다도 앞서는 혁명적 정책이었다고 생각합니다.

하지만 이 새로운 혁명은 아직 완성되지 않았고, 앞으로도 아주 많은 시간을 필요로 할 것입니다. 어쩌면 인간의 역사 그 자체가 영원한 혁명이겠지요.

『끝없는 벌판』은 이 미완의 혁명의 시기를 살아가는 소외된 하층민의 일상을 그린, 대단히 탁월한 작품입니다. 새로운 길을 선택했지만 아직까지 서민대중에게 그 혜택이 돌아오지 못하는 냉엄한 현실을 너무나 솔직히, 그러나 또한 너무나 아름답게 보여주는 작품입니다.

『끝없는 벌판』은 단순히 가난한 사람들을 묘사한 작품이 아닙니다. 그 속에는 가난을 극복하기 위한 어떤 저항도 들어 있지 않지만, 작품 그 자체가 혁명적 성격을 띠고 있습니다.

절대적인 빈곤은 그 어떤 아름다운 미래나 위대한 사상과도 바꿀 수 없는, 반드시 극복하지 않으면 안 되는 인류의 가장 큰 문제입니다.

부와 권력을 가진 이들은 가난을 체념하고 순응하도록 조장합니다. 그래야만 싼 값에 마음 놓고 부려먹을 하인이 있고 노동자가 있기 때문입니다. 반면 또 다른 많은 사람들은 가난한 사람들의 고통을 마음으로 느끼고 이에 분노하고 또는 스스로 개혁하고자 노력합니다. 그것이 인류가 오늘까지 진화해온 근본적인 힘입니다. 이러한 사랑의 힘이 없었다면 인류는 다른 동물들과 마찬가지로 동족간의 잔인한 생존경쟁으로 도태되었을 것입니다. 진정한 인간의 원형, 진정한 문학의 뿌리는 바로 여기에 있는 것입니다.

현실의 가장 어두운 밑바닥을 향한 박애사상이야말로 세상을 진정으로 아름답게 바꿔나갈 수 있다는 믿음을 가진 사람들이 필요합니다. 기나긴 전쟁의 후유증과 가혹한 가난의 수렁에서 아직 온전히 벗어나지 못한 베트남 사람들에게는 이러한 글들이 더 많이 필요합니다.

1980년대 한국의 비약적인 경제발전과 민주화는 당대 문학에 힘입은 바 큽니다. 적어도 1980년대 후반까지 한국의 문학은 서민 대중과 노동자가 주인공이었습니다. 『끝없는 벌판』이 그러하듯이 그 작품의 주인공들은 체제에 저항해 싸우거나 혁명가로 성장하지 않습니다. 대부분의 작품은 단지 가난한 사람들의 일상을 그렸을 뿐입니다. 그럼에도 이들 문학작품들은 당대의 지식인과 서민들 자신에게 커다란 깨달음을 주었고, 스스로 세상을 바꾸는 일에 앞장서게 만들었습니다.

('한국 베트남 젊은 작가 워크숍' 발제문, 2009년 11월)

쌍용자동차 사태에 대해

"헬기가 떠서 비추고 감. 안은 단전이라 암흑. 낼 침탈 확실시 됨."

어젯밤인 2009년 8월 2일 자정, 평택 쌍용자동차 농성장 안에서 노동자가 보내온 문자다. 어제 오전에 마지막 희망이던 노사협상이 결렬된 후 농성장의 분위기는 좌절과 분노로 격앙되어 있다고 한다. 그동안 전화할 때마다 '여기는 괜찮다. 바깥에서 고생이다.'라고 거꾸로 격려를 했던 이들이, 어제의 통화에서는 '진짜 힘들다.'고 말한다.

지금 이 시간, 또는 오늘밤이나 내일 밤에 결국은 강제해산 당할 것이다. 삶의 터전으로부터 끌려나온 이들의 분노와 슬픔은 이제 어디로 향할 것인가? 아래는 이번 주 『한겨레21』에 올린 기사의 일부이다.

사례 1 : 1930년 세계적인 대공황으로 고무공업도 불경기에 빠지자 조선의 고무신 업계는 평균 20% 임금 인하와 인원 감축에 들어갔다. 이에 평양 지역의 10여 개 고무신공장 노동자 1,800여 명은 8월 8일부터 일제히 총파업에 돌입했다.

노동자들은 8월 23일에는 1천여 명이 가두시위를 벌인 끝에 그중 200여 명이 4개소 공장을 점거해 신규로 채용되어 작업 중이던 노동자들을 밖으로 쫓아내 버렸다. 곧바로 무장경찰이 출동했지만 노동자들의 완강한 저항으로 경찰 10여 명이 부상당하는 사태가 벌어졌다. 공장 습격과 점거는 이후 일주일간 계속되어 연인원 5천여 명이 16번이나 공장을 습격, 점거했다.

삼엄한 일제 강점기임에도 불구하고, 경찰은 탄압과 동시에 조정자를 자처했다. 신간회 평양지부장 조만식이 대책위원장으로 나선 가운데 중재에 나선 평양경찰서장은 노사 당사자들을 경찰서로 불러 평안남도 경찰부장 등의 입회하에 협상타결을 종용했다. 양측은 임금 10% 인하 등의 조건에 합의했다. 하지만 일반 노동자들의 거센 항의로 협상안은 거부되었고 투쟁이 계속되어 63명에 이르는 노동자가 구속되었다.

사례 2 : 그로부터 50년이 지난 1980년 4월 21일, 강원도 사북읍의 동원탄좌 노동자 3천여 명이 전면적인 점거농성에 들어갔다. 광산노련에서 약 43%의 임금 인상을 요구했으나 노조가 20%에 타결해 버리자 어용노조 퇴진을 요구하며 폭발한 것이다.

전두환 군사정권의 계엄령이 발효되던 삼엄한 시절이었다. 경찰은 점거농성을 해산시키기 위해 공포탄 2발과 최루탄 3발을 쏘며 공격했다. 그러나 노동자들은 즉각 투석으로 맞섰다. 부녀자들까지 포함된 3시간여의 공방전으로 경찰은 30명의 부상자를 낸 채 퇴각했고 그중 한 명은 결국 사망하고 말았다. 노동자들은 사북읍내 사방에 바리게이트를 설치해 경찰의 출입을 막고 노조사무실과 광업소 사무실을 파괴해 버렸다.

사건의 확산을 우려한 군사정권은 강원도지사를 대책위원장으로 임명, 직접 협상을 주도하도록 했다. 노동자들은 점거농성 4일 만에 상여금 250%를 400%로 인상하는 등의 사항에 합의하고 자진해산했다. 이 사건으로 31명이 구속되었으나 몇몇 주동자를 제외한 나머지는 집행유예나 형 집행면제 조치로 석방되었다.

사례 3 : 다시 27년이 지난 2007년 6월 30일, 이랜드그룹 노동자 600여 명이 대형 유통업체 홈에버 월드컵점을 점거하고 농성에 들어갔다. 이랜드는 기독교 정신을 구현한다는 명분 아래 판매직 노동자를 최저임금을 겨우 웃도는 80여만 원에 혹사시키면서 노조를 불온시해 교섭조차 거부해온 악명 높은 기업이었다.

이랜드가 점거농성에도 불구하고 대화를 거부하자 노무현 정부는 이상수 노동부장관을 통해 노사 양쪽 대표를 노동부로 불러 중재했다. 그 자리에는 교섭이 시작된 지 10개월 만에 처음으로 홈에버와 뉴코아 사장이 노동자들 앞에 모습을 드러냈다.

노동부의 중재에도 불구하고 이랜드 측은 노동자들의 요구를 외면했고, 정부 역시 점거농성 한 달 만에 경찰을 동원해 노동자들을 해산시켰다. 하지만 파업과 잇단 점거농성은 이후 1년 반이나 계속되었고, 매출 감소를 견디지 못한 이랜드 그룹은 끝내 홈에버를 홈플러스로 매각하는 큰 손실을 입어야 했다.

사례 4 : 2009년 5월 22일 경기도 평택의 쌍용자동차 노동자 600여 명이 집단해고를 거부하며 점거농성에 들어갔다. 정리해고를 강행하려는 회사 측과 해고 노동자들의 대치는 극한으로 치달았다. 7월 31일 현재까지 70일이 넘게 점거가 계속되는 동안, 노동자와 가족 4명이 과로 또는 자살로 숨졌다.

그러나 이명박 정권은 노동자와 사용자 간의 문제이므로 개입하지 않되, 불법 폭력은 용납하지 않는다는 원칙을 내세워 외면과 탄압으로 일관했다. 대통령은 물론이요 어떤 고위관리도 개입을 거부한 가운데 경찰력을 동원해 강제진압을 시도하고 있다.

경찰은 전기와 식량은 물론, 물과 가스 공급까지 끊어 노동자들은 두 개의 드럼통을 화장실로 사용하고 있으며 물이 없어 에어컨에서 나온 물을 끓여먹고 있는 실정이다. 스티로폼을 녹이는 최루액에 피부와 얼굴이 타들어간 부상자가 나날이 늘어가지만 어떤 치료 수단도 없고 의료진의 접근조차 차단되었다.

농성이란 약자들이 선택하는 저항 수단이다. 상대를 압도하는 공격력을 가진 세력이 스스로 성안에 숨을 필요는 없다. 따라서 농성자들의 무력이란 자신을 지키는 자위 수단에 지나지 않는다.

쌍용차 사태가 벌어지자 보수 세력들은 회사가 망하게 생겼는데 노동자들이 자기 이익만 챙긴다고 비난한다. 볼트 새총이니 화염병 같은 살인적인 폭력으로 국가 기강을 흔들고 있다고 열변을 토한다.

그러나 노동자들의 폭력은 생존을 위한 저항의 수단일 뿐이다. 무자비한 폭력을 행사하는 용역들과 경찰이 진입하지 못하도록 방어하는 수단일 뿐, 선제 공격의 수단은 아니다. 쌍용차 공장을 전쟁터로 만들고 있는 것은 노동자가 아니라 어떠한 사건 해결책도 제시하지 않은 채 일방적으로 회사를 위한 법률 집행을 내세우는 이명박 정권이다.

독재정권을 포함한 과거의 모든 정부들은 물론이요, 일제 총독부조차도 대규모 쟁의가 일어나면 곧바로 개입해 해결책을 모색했다. 사회를 안정시키는 데 정치의 주안점을 두었기 때문이다. 용산참사와 쌍용차 점거사태에 대한 일체의 중재 거부와 일

방적인 탄압을 보면 이명박 정권의 정치철학을 의심하지 않을
수 없다.

밀짚모자에 막걸리 마시며 농민들을 농촌에서 내쫓았던 박정희
처럼, 이명박 대통령은 시장에서 떡볶이 사먹으며 대형 유통을 양
산하고, 평등교육 내세우며 귀족학교 양성하고, 4대강을 보호한
다며 대운하로 파괴하고, 남북 평화를 말하며 남북 긴장을 고조시
키는 식의 이중정책을 펴고 있다.

쌍용차 문제도 마찬가지다. 어제로 결렬된 마지막 노사협상까
지 정부 관리는 일체 참가하지 않고 있다. 노사 문제는 끝까지 노
사 자율에 맡긴다는 원칙을 지키겠다는 명분이다. 그러나 뒷전에
는 대규모 경찰병력을 대기시켜 놓았다. 무장경찰의 공격 목표는
오직 파업 노동자들이다. 신자유주의라는 명분 아래 갈등 조절의
책임을 회피하면서, 실제로는 강력한 영향력을 행사하고 있는 것
이다. 법을 지키라고 강요하면서 법의 근본 정신은 죽이는, 이명
박 정부의 이중정책의 하나이다.

(『리얼리스트100』, 2009년 8월)

먼저 간 나의 친구 완희야

　그 억수 같은 빗줄기 속에 너를 묻고 떠난 지 21년이 흘렀다. 그 긴 시간 동안, 매년 추도식이 열렸지만 한 번도 참가하지 않았다. 해마다 장마철이 되면 누가 말해주지 않아도 성완희라는 이름을 떠올리지만, 공식 추모식에는 한 번도 참가하지 않았다. 그렇지만 너는 알 것이다. 내가 얼마나 여러 번, 아무도 없는 이 외로운 묘지에 혼자 찾아와 울고 갔는가를… 사람들 앞에서 눈물 보이고 싶지 않았던 이 마음을, 너는 다 지켜보았을 것이다.

　가끔 생각해보기도 한다. 완희 네가 죽지 않고 살아 있어도 이렇게 마음에 새겨진 친구가 되어 있을까? 아마 그럴 것이다. 다른 사람들은 몰라도, 나는 그럴 것이다. 먹고 살기 버거워 자주 만나지 못할지라도, 만날 때마다 반가움에 소리치며 손을 잡다 못해

끌어안고 빙빙 돌 것이다. 내가 도망치고 싶어도 네가 놔주지를 않았을 것이다. 상담소에 찾아올 때마다 식사 시간 상관없이 밥을 사주려 끌고 나가고, 밤 두세 시에도 아무 용건도 없이 안부전화를 하던 너의 그 따뜻한 마음이 어디 갔겠니?

하지만 너는 내게 너무 깊은 상처를 남겼다. 너와 동료들이 승리하도록 이끌지 못한 데 대한 자책감, 번연히 예견된 죽음을 끝내 말리지 못한 울분, 네가 떠난 후 지난 20년 동안 이 땅의 노동자를 위해 한 일이 거의 없다는 죄책감이 매년 장마철마다 쓰린 상처가 되어 가슴을 후빈다. 영혼이 되어 묻힌 너는 너무나 잘 알 것이다. 네가 죽은 후 내가 얼마나 많은 눈물을 흘렸는지, 재작년에도 올해에도 탄광 근처에만 가면 눈물을 쏟는다는 것을 너는 잘 알 것이다. 이제는 잊혀질 때도 되었건만 연인처럼 가까웠던 친구를 잃은 상처는 아물지를 않는구나.

민주화 세상이 되었다는 오늘날까지도 네가 나를 울리는 이유는 너의 죽음이 헛된 것만 같아서이다. 너뿐 아니라 죽어간 수백 명의 열사들의 희생을 살아 있는 우리가 헛되이 한 것 같아서이다.

그 많은 열사들의 죽음에도 불구하고, 자본의 대공세 앞에 노동자는 과거 어느 때보다도 비참한 현실에 빠져 있다. 우리가 함께 투쟁했던 1980년대 후반, 아니 1990년대 중후반까지도, 청소하는 아저씨나 식당 아줌마, 경비 아저씨들까지도 일단 회사에 취업만 하면 정규직이어서 함부로 해고시킬 수 없었다. 기본급에는 차이는 있더라도 똑같이 상여금 받고 똑같이 각종 수당을 적용받았다. 그러나 지금은 정규직 750만 명보다 더 많은 850만의 비정규직 노동자들이 일하고 있다. 같은 공장 안에서 똑같은 일을 하면서도 비정규직이라는 이유로 절반도 안 되는 임금을 받고 언제 해고될지 모르는 처지에 놓여 있다.

비정규직의 존재는 노동운동의 근본적인 약화를 가져왔다. 비정규직은 조직되기가 대단히 어려울 뿐 아니라, 조직된 정규직 노동자들은 비정규직화의 위협에 짓눌려 단결권을 행사하지 못하기 때문이다. 1990년대 초반까지도 이 나라를 뒤흔들던 한국 노동운동은 비정규직제 도입으로 인해 초토화되었다 해도 과언이 아니다.

여기에 자본과 권력은 금전적 배상을 요구하는 고소, 고발로 노동운동가 개개인을 옴싹달싹 못하게 옥죄고 있다. 싸움만 벌어지면 무더기 고소 고발로 단결을 약화시키는데, 몇몇 남은 투쟁적인 노동자들은 천문학적인 손해배상 소송에 걸려 투쟁을 끝내고 싶어도 끝낼 수 없어 극소수의 장기투쟁을 할 수밖에 없고, 끝내는 소송취하를 조건으로 투쟁을 포기하는 경우가 대다수다.

우리가 그토록 염원했던 민주화조차도 노동자들을 얽매는 도구로 이용된다. 모든 집회가 불법인 만큼 처음부터 격렬하게 싸울 수밖에 없고 그만큼 효과도 컸던 과거와 달리, 집회신고를 통한 합법적 평화시위는 금권을 장악한 자들에게 거의 위협이 되지를 못한다. 그렇다고 애써 쟁취한 집회의 자유와 평화적 투쟁을 무효화하는 것은 우리 스스로 역사를 후퇴시키는 일이니 진퇴양난이 되고 말았다.

더군다나 자본의 대공세가 노동운동을 초토화시킨 가운데 십년 만에 재집권한 보수우익은 애써 쟁취해놓은 민주주의 부분의 성과들조차 무효화시키려 광분하고 있다. 지난해 촛불집회와 지난 번 노무현 대통령 추모집회에서 20여 년 만에 다시 시위에 나왔다는 이들을 여럿 만났다. 너와 함께 마지막까지 점거농성을 벌였던 이연복은 바로 얼마 전에 감옥에서 석방되었고 네가 분신한 날 황지에서 장성까지 오토바이에 나를 태우고 갔던 백형근 씨는 지금도 감옥에 있다.

이 끝없는 싸움을 놔두고 너무나 일찍 우리 곁을 떠난 네가 원망스럽기도 하다. 나는 누구에게나 말하고, 글로도 여러 번 쓴 적이 있다. 제발 분신이나 투신은 하지 말라고. 그러나 그것은 산 사람들에게 하는 말일 뿐, 21년째 여기 외롭게 누워 있는 네게 할 말은 아닌 것 같다.

네게 해줄 말은 이것이다. 우리 다시 싸우겠노라고, 우리 다시 조직하고 선동하고 투쟁하겠노라고. 그리하여 너의 죽음을 헛되이 하지 않겠노라고, 노동하는 모든 사람들의 인권과 행복을 위해 우리의 나머지 생애도 바치겠노라고. 그것이 우리 자신이 스스로의 삶을 존귀하게 만드는 것이기 때문에. 우리가 살아 있는 이유이기 때문에. 나의 사랑하는 친구 완희야, 부디 우리를 지켜봐다오.

(마석모란공원 민주노동열사 성완희 추모식에서, 2009년 7월 8일)

월급 5만 원

전태일 열사가 일으킨 놀라운 기적 중 하나는 자신의 어머니를 수많은 사람들의 어머니로 만든 일일 것이다. 아마도 내가 아는 수백 명, 아니 내가 모르는 수천 명이 자신의 친어머니 외에 또 다른 어머니를 갖고 있을 것이다. 이소선 어머니다.

내가 처음 이소선 어머니를 만난 것은 1985년 스물댓 살 나이에 세상 돌아가는 이치를 완전히 터득하고 있다고 굳게 믿던 객기어린 시절이었다. 1980년에 해산된 청계노조를 복구해 노조위원장을 맡았던 민종덕 형이 청계노보를 복간하게 도와달라는 말에 이게 웬 영광이냐고 출근하게 되었다. 청계노조에서 일할 수 있게되었다는 게 그렇게 좋을 수가 없었다. 무엇보다도 전태일의 정신이 살아 있는 곳이요, 1970년대 몇 안 되는 민주노조 중에서도 유

일하게 살아남은 상징적인 노조였다. 또 1984년부터 수차례 합법
성 쟁취를 위한 대규모 가두시위로 전두환 체제 아래 위축되어 있
던 민주화운동에 새 숨을 불러일으킨 전설적인 노조였다.

　막상 사무실에 출근해보니 예상과 많이 달랐다. 한때 6, 7천 명
에 이르는 조합원이 있었다고 들었는데, 신발상가 4층의 넓기만
하니 썰렁한 사무실에 드나드는 얼굴은 빤했다. 지금은 칸막이를
해서 좁아 보이지만 그때는 사무실이 훤히 트여 있어 더 그랬다.
저녁마다 나타나는 얼굴은 이승숙, 이경숙, 지수희, 장옥자, 김혜
숙, 황명진, 정경숙… 그리고 실무자 박계현, 황만호, 가정우, 문
혜경 등등 다해야 서른 명이 넘지 않았다. 민종덕 위원장은 수배
중이라 사무실에는 잘 나오지 못했다. 궁금해서 확인해보니 합법
시절 최대 7천 명이던 조합원은 백 분의 일인 70명으로 줄어들어
있었다. 이럴 수가!

　하지만 일당백이라는 말이 이처럼 실감날 수는 없었다. 나보다
도 더 어린 스무 살 안팎의 젊은 조합원들의 투지는 경이로운 수
준이었다. 앞서 세 차례 가두시위에서 보여준 용맹성은 물론이요,
경찰과의 일상적인 격투는 나처럼 몸싸움에 겁 많고 말싸움조차
못하는 샌님은 도저히 흉내도 낼 수도 없는, 가히 예술적인 경지
에 이르러 있었다. 당시 서울에서 노동운동을 했던 사람이 아니라
면, 그 적은 인원의 청계노조가 어떻게 전국의 노동운동과 나아가
민주화운동의 선봉대 역할을 해냈는가 실감하기 어려울 것이다.

조합의 운영은 팍팍했다. 조합비로는 나까지 댓 명이 넘는 상근자들의 활동비는 고사하고 함께 해먹는 점심의 쌀값, 반찬값도 부족했다. 너무 일찍 결혼한 나는 개봉동 복개도로 옆, 찻길보다도 낮은 250만 원짜리 전세방에서 갓난아이를 키우고 있을 때였다. 하루하루 어떻게 무얼 먹고 살았는지, 도대체 차비와 담배값은 어디서 났는지, 지금은 도무지 기억도 나지 않고 이해도 되질 않는 시절이었다.

어느날 저녁, 이소선 어머니가 여러 간부들 있는 자리에서 봉투를 하나 건네시는 것이었다. 어머니는 거의 매일 저녁 조합사무실에 들르기는 했어도 조합 일에 관해 이래라 저래라 하는 말은 단한 마디도 않았다. 그저 고생한다고 손을 잡아 어루만지고 격려하고 집회 현장에서 경찰과 싸운 이야기를 너무 신나고 재미있게 들려주실 뿐이었다. 그런데 갑자기 돈 봉투를 건네시며 갓난아이 키우느라 어렵지 않느냐고, 차비라도 하라고 내 양손을 잡고 사이에 넣어주시는 것이었다.

봉투에는 5만 원이 들어 있었다. 청계노조 가기 직전 동일제강에서 한 달에 하루도 쉬지 않는 주야 2교대로 20만 원 가량 받았으니 요즘 돈으로 환산하면 50만 원 정도의 가치가 되는 액수였다. 그 돈 갖고 차비는 물론 애 우유며 이것저것 생활비에 적지 않은 도움이 되었던 기억이 난다.

그 뒤로도 한 달에 한 번씩, 날짜만 되면 정확하게 5만 원씩 월급을 받았다. 그 돈을 벌기 위해 이소선 어머니가 길바닥에서 헌 옷 장사를 하시고 있다는 것도 몰랐고, 다른 상근자들에게는 제대로 주지 못했다는 것도 몰랐다. 그저 아쉬운 마음에 고맙게 받아 쓰기만 했다. 결코 많은 액수는 아니었지만, 청계노조에 가면서 월급을 받게 되리라곤 생각도 못했기에 더욱 귀한 돈이었다.

오래 일하지는 못했다. 청계노조에 가기 전부터 여러 후배들과 강원도 탄광에 내려가 노동운동을 하자는 약속이 되어 있었기 때문이었다. 5만 원짜리 월급생활 반 년 만인가, 보안 유지가 유행이던 시절이라 제대로 인사도 못 드리고 노조를 떠났다.

지금 세상에서는 이해가 안 되는 일이겠지만, 탄광에 가기 위해 두 달 넘게 십여 명이 집단으로 합숙하며 사회과학 공부도 하고, 몇 차례 탄광에 내려가 연줄 닿는 광산노동자들과 모임을 만드는 등등의 사전 준비를 하다보니 이듬해인 1986년 3월 들어서야 모든 준비를 끝낼 수 있었다.

식기도구며 이불 따위를 붉은 함지박에 담아 청량리역에서 화물로 보내놓고, 사북행 기차표까지 사놓고 출발을 기다리던 밤이었다. 새벽 두 시가 넘었을 때 동일제강에서 함께 일했던 절친한 벗 박영진이 분신해 사망했다는 전갈을 받았다. 황망히 강남성심병원에 도착했을 때 먼저 눈에 띈 분은 다름 아닌 이소선 어머니였다. 온통 분노와 눈물로 범벅이 된 사람들 사이에서 다시 만난 어머니께 눈인사조차 제대로 드릴 수가 없었다. 그래도 어머니가 오셔서, 아무것도 모르는 채 실신상태에 빠진 영진이의 어머니를 달래드리는 모습이 너무나 고맙고 안도가 되었다.

다음날로 탄광으로 떠난 내가 이소선 어머니를 다시 뵌 것은 2년 후, 또다시 장례식장에서였다. 탄광에서 분신자살한 절친한 벗 성완희의 장례식이었다. 영진이와 마찬가지로 나이도 동갑이어서 별나게 친했던 노동자였다. 영진이 때는 슬픔도 그리 몰랐는데 또다시 친구를 잃고 나니 정신이 나가버리는 듯했다. 장례식 날 마석 모란공원으로 이소선 어머니가 오셨지만 일 주일째 잠도 못 자고 목이 쉬도록 울고 또 울어 기진한 나는 이번에도 제대로 인사를 드리지 못했다. 그래도 완희의 장례식에 어머니가 와주신 것이 그리 감사하고 마음이 놓였던 것이 잊혀지지 않았다. 젊은이 수백 명이 모여 있어도 이소선 어머니 한 사람이 더 의강하고 비중 있게 느껴지던 것이 그 시절이었다.

서울에 돌아오고도 한참의 세월이 지나 2000년이 되어서야 전태일문학상 때문에 다시 이소선 어머니를 뵙게 되었다. 수첩이 있다면 최소한 1천 명 이상의 명단을 갖고 계실만큼 인맥 넓고 바쁜 어머니가 불과 몇 달 머물다 가버린 나를 기억하리라곤 생각도 못했다. 나를 보자마자 옛날에 노보 만들던 사람이라는 것을 떠올리며 반가워하시는데 도리어 송구스러울 지경이었다. 두 번의 장례식 때 뵙고도 제대로 인사를 못 드려 죄송했다는 말씀을 드려야 했는데 그만 잊어버리고 말았다.

어머니와 각별히 친해질 기회가 생긴 건 아니었다. 시골에 사는 처지라 일 년에 서너 번 올라가 문학상 회의하는 길에 마주치면 잠깐 인사를 드리는 정도였다. 어머니를 제대로 알게 된 것은 다시 두어 해가 지나 청계노조사를 맡아 쓰게 되면서였다.

어머니를 자주 만나거나 많은 이야기를 나누었다는 말은 아니다. 청계노조사 집필 과정에서 이소선 어머니는 단 십 분도 면담을 하지 못했다. 세 차례나 찾아가 만났지만, 어머니가 건강이 안 좋았던 데다, 노동조합사는 조합원들의 생각을 모아서 쓰는 게 좋겠다는 의견이셨다.

그런데도 청계노조사를 쓰면서 이소선 어머니를 잘 알게 되었노라고, 감히 말할 수 있는 것은 청계노조 출신 모든 사람들의 증언에서 공통적으로 등장하는 이가 어머니였기 때문이다. 등장 횟수로만 보면 이소선 어머니가 압도적일 것이다. 10년 이상 15년까지 너무나 헌신적으로 조합활동을 한 선후배들이 스무 명은 되지만, 그 누구도 전태일 선배의 분신부터 오늘 이 시간까지, 근 40년 가까운 세월을 노조와 함께 하지는 못했다. 그런 사람은 단 둘, 전태일 열사의 영혼과 그리고 이소선 어머니였다.

청계노조사를 위해 취재한 백여 명의 조합원들이 가진 이소선 어머니에 대한 생각은 다양했다. 각자 자기 생각의 방향에 따라 어머니를 이해했기 때문이다. 청계천 피복노동자들의 권익을 위해 싸운다는 점은 누구나 같았으나 그것을 위해 어떻게 싸우려는

지, 오늘의 세상을 어떻게 해석하고 내일의 세상은 어떻게 만들려는지에 대한 생각은 세대별로, 개인별로 다 달랐기 때문이다.

지금이 바로 혁명적 시기라 믿고 선도적 투쟁을 하고자 했던 세대들에게는 어머니가 지키고자 하는 노조의 틀이 너무 작아 보였을 것이다. 노동조합 고유의 업무를 수행하기에도 가혹했던 군사독재 아래서 조합의 일상활동을 위해 발이 부르트고 입술이 터지도록 뛰어다니던 조합간부들에게는 전국 노동자의 문제와 정치민주화를 위해 싸워야 한다는 어머니의 요구가 힘겨웠을 것이다.

하지만, 모든 이야기를 다 듣고 나서 내가 판단하기에, 어머니는 거의 늘 옳으셨다. 조합의 현실 역량으로 보아 정치투쟁의 요구가 부담스러울 때가 많았고, 반대로 어머니가 조합주의적 한계에 매몰된 것처럼 보였을 때도 있었지만, 냉철하게 보아 분명 어머니가 옳으셨다. 조합간부들과 충분한 소통이 이뤄지지 않을 때는 어머니도 힘들고 간부들도 힘들고 그래서 서로 언성을 높이고 돌아서서 원망도 했지만, 어머니는 거의 늘 옳으셨다.

이렇게 말하니 마치 어머니가 청계노조를 좌지우지한 듯 오해할 수 있겠다. 결코 그런 뜻은 아니다. 어머니는 내게 그러하셨듯이, 조합사무실이나 창동집에 오는 모든 사람에게 마음을 나눠주고 사랑을 나눠주는 일로 자신의 가장 큰 역할을 하셨다. 마음을 다독거려주고 밥을 해주고 손을 잡아주는 그런 분이었지 노조 일에 시시콜콜 관여하고 좌지우지했던 분이 아니었다.

다만 노조의 명운이 걸린 중요한 문제가 생겼을 때, 조합간부들 사이에 의견 충돌이나 갈등이 생겼을 때, 최종 판단을 어머니께 맡겼을 뿐이다. 어머니도 그때만큼은 냉철하게 사리를 나누고 때로는 언쟁도 불사했다. 그러다보면 서로 서운한 것도 있고, 상처도 입기 마련이지만, 돌아서면 또다시 끌어안고 내 어머니, 내 자식하며 함께 우는 세월이었다.

놀라운 것은 더 많은 세월이 지나, 노조사를 위해 증언하는 조합원들은 거의 똑같이 말했다는 점이다. 그때는 이해를 못할 때도 있었지만 지금은 어머니가 옳았다고 생각한다고. 이소선 어머니는 전태일의 모친이기 때문에 청계노조를 지킨 것만은 아니라, 어머니 자신이 올바른 판단력을 갖고 계셨기에 조합이 우측으로 기울면 좌측으로 밀어주고, 좌측으로 기울면 우측으로 밀어주는 역할을 했던 것이라고 말한다. 어머니가 옳았다는 것은 나만의 생각이 아니라, 조합원 대다수의 말이었던 것이다.

사실 지금까지도 나는 이소선 어머니와 개인적으로 많은 이야기를 나눈 적이 없다. 어머니는 노동자를 위하려는 마음뿐 아무 능력도 없는 가난한 젊은이에게 적지 않은 돈 5만 원을 챙겨주시며 너무 돈이 적다고 미안하다고 고맙다는 말만 하셨다. 중년이 되어 돌아온 내게 말 많고 탈 많은 노조사 쓰기에 힘들지 않느냐고, 고맙고 미안하다고, 거듭 거듭 미안하다는 말씀만 하셨다. 정말 다시 생각해보니 미안하고 고맙다는 말이 어머니께서 내게 하신 말의 거의 전부였다.

실은 박영진, 성완희 장례식에 와주셔서 너무 힘이 되고 고마웠 노라고, 분신 장례를 치룬 후에는 마음고생 때문에 며칠 동안 정신을 놓고 계신다는 것 다 안다고. 저야말로 어머니가 계신 것이 이렇게 감사할 수가 없다고, 이 땅의 노동자들은 어머니가 계셔서 행운이라고…. 그런 말씀을 드리고 싶었는데 제대로 한 일이라곤 없는 내가 도리어 고맙다는 말을 듣고 보니 참으로 송구스럽다.

나이 오십이 다 되다보니 세상일이 점점 심드렁해진다. 예전에 존경했던 선배들이 우스꽝스럽게 살아가는 것도 그렇고, 나 역시 후배들의 기대만큼 역할을 해주지 못해 매일 부끄럽다. 세상에 진정한 위인이란 없다는 생각을 갖게 된 지는 벌써 오래되었다. 하지만 존경하는 사람은 몇 분 있다. 이소선 어머니를 그 제일로 뽑는다면 과장이라고들 생각할까? 결코 과장이 아니다. 평생 진실을 위해 싸워온 내가 이제 와서 무엇 하러 거짓말을 하겠는가? 믿기 어려우면 이소선 어머니 곁에 일주일만 살아보라. 무슨 말인지 잘 알게 될 것이다. 민주화운동과 노동운동의 수많은 원로와 선배들이 있음에도 이소선 어머니를 제일로, 아니 거의 유일하게 꼽는 이 마음을 이해하게 될 것이다. 존경하고 사랑하는 이소선 어머니가 부디 오래도록 우리 곁에 남아 계시기를….

(이소선 여사 팔순 기념문집, 2008년)

우익에 의한 민간인 학살의 근원

1.

대한민국 건국의 역사는 피의 역사였습니다. 제주도민 3만, 여수 · 순천 7천, 보도연맹 20만 외에 좌익수, 부역자 등 최소한 수십만 명의 민간인이 1948년부터 1951년까지 3년여 사이에 학살되었습니다. 학살을 감행한 것은 대한민국 정부군과 경찰, 그리고 우익청년단이었습니다.

학살의 이유는 오직 하나 공산주의자이거나 그 동조자라는 것이었습니다. 상대방이 공산주의자라는 이유만으로 어떤 제약도 없이 죽일 수가 있었고 그 재산을 뺏고 강간을 해도 죄가 되지를 않았습니다. 공산주의자 혹은 빨갱이란 말은 오늘까지도 가장 미운 사람들을 지칭하는 단어로 통용되고 있습니다.

그런데 재미있는 것은, 조선 말기의 대표적인 민족주의자인 박은식이 『조선독립운동지혈사』라는 책에서 소련공산당을 찬양한 적이 있고, 친일단체였던 대동단도 1919년 4월에 발표한 자신의 3대 강령에서 '사회주의를 철저히 시행할 것'을 내건 일이 있습니다.

공산주의 이념과 아무 상관이 없는 민족주의자 박은식이 갑자기 공산주의를 찬양한 것은 소련이 약소민족의 독립을 주장하는 '민족자결의 원칙'을 내세웠기 때문입니다. 친일단체 대동단이 공산주의를 찬양한 것은 모든 토지와 수공업장이 왕조의 소유이던 조선시대에 태어난 사람들이기 때문일 것입니다. 생산수단의 공유화 개념에 익숙했던 이들은 모든 토지와 공장을 국유화하려는 공산주의가 낯설지 않았던 것입니다.

공산주의에 대한 증오가 생기는 것은 토지조사사업으로 모든 농지가 개인 소유로 등기된 일제 중반기 이후였습니다. 그렇지만 그 증오는 많은 땅을 가진 지주들의 것이었습니다. 빈농이나 소작인들은 지주들의 토지를 빼앗아 나눠주겠다는 사회주의자들을 좋아했습니다. 반공주의자 중에서도 적극적으로 항일운동을 하던 이들은 공산주의자들과 친했습니다. 항일이라는 공동의 목표가 있었기 때문입니다.

해방 후에도 마찬가지입니다. 해방 이듬해 미군정에서 실시한 여론조사에서 조사 대상의 70%가 공산주의 혹은 사회주의를 지지한다는 답을 했다고 합니다. 인구의 80%를 차지하는 농민의 절대다수가 빈농 아니면 소작농이었던 데 가장 큰 이유가 있겠지만, 일제 강점기에 공산주의자들이 가장 앞장서서 싸웠다는 사실을 잘 알고 있었기 때문입니다.

2.

역사상, 공산주의 혁명을 목표로 계획적으로 일어난 무장봉기는 사례가 많지 않습니다. 러시아의 10월혁명이나 카스트로의 쿠바혁명, 한국전쟁 정도일 것입니다.

공산주의란 국가의 소멸이니 계급의 소멸 따위의 멀고도 관념적인 구호가 아니라, 구체적인 현실에서 나타나는 문제점들을 고쳐나가려는 진보적 요구들의 총체라 할 수 있습니다.

일제 강점기 조선공산당의 강령은 조선의 완전독립, 8시간 노동, 의료보험과 국민연금 실시 같은 매우 현실적인 요구들이었습니다. 해방 직후 박헌영의 조선공산당이 내세운 국가체제는 부르주아 민주주의, 즉 오늘날 이야기하는 자유민주주의 체제였지 사회주의 혹은 공산주의의 즉각적인 실시가 아니었습니다.

그런데 어떻게 무장폭동과 반란이 일어나고 결국에는 전쟁이 일어나 수많은 생명과 재산이 파괴되었던 것일까요?

해방 직후 남한의 무장폭동들은 공산주의 국가를 만들자고 해서 일어난 투쟁이 아니라, 이승만에 의해 재등장하는 부일반역자에 대한 반감과 미군정의 경제정책 실패로 인한 생존권 투쟁으로부터 시작됩니다.

빨치산의 시초가 된 1946년 10월의 대구폭동을 유발한 것은 미군정의 실정이었습니다. 쌀 배급제를 택한 미군정이 농민들로부터 강제로 쌀을 공출해가고서 배급은 제대로 하지 못해 농민들의 분노는 쌓이고 도시민들은 비싼 쌀값으로 굶주리는 현상이 나타났기 때문입니다.

우익들은 대구폭동이 조선공산당의 선동으로 일어났다고 말하지만 공산당은 9월 23일 미군정의 폭정에 항의하는 총파업까지만 선동했습니다. 10월 1일 대구에서 시작된 민중항쟁은 시위 군중에게 경찰이 발포한 데 항의해 시작된 자생적인 투쟁으로, 공산당 간부들은 시위대 뒤에서 어떻게 지도해야 할지 몰라 쩔쩔 맸다는 증언들이 있습니다.

물론 폭동이 전국으로 퍼져나가는 과정에서 지역의 공산당원들이나 동조자들이 앞장서 싸운 것은 사실입니다만, 수많은 민중들이 항쟁에 합세한 것은 생존권의 요구요, 친일부역자들과 미군정에 대한 불만이었지 공산주의 사회를 만들자던 건 아닙니다.

미군정과 우익은 민중의 생존권 요구를 공산주의 폭동이라며 무자비하게 탄압합니다. 일제 강점기 독립군을 때려잡던 경찰관들이 또다시 통일과 생존권을 요구하는 이들을 잡아가 고문하고 때려죽이자 견디다 못한 많은 사람들이 산으로 달아나 야산대라는 이름의 빨치산을 형성하게 됩니다.

1948년 4월의 제주항쟁 역시 단독정부 수립에 대한 반발이 기본이었습니다. 조선공산당의 후신인 남로당이 전민중적인 총력투쟁을 선동한 것은 사실이지만 사회주의 국가를 만들자는 요구 같은 건 없었으며 오직 민족통일을 내세웠을 뿐입니다. 무장폭동을 지시한 적도 없습니다. 남로당은 선거를 거부하고 시위하라고 선동했을 뿐입니다.

김달삼 등 제주도 남로당원과 청년들이 무장폭동을 일으킨 것은 남로당의 폭동 지시 때문이 아니라, 1년 전 3·1절 시위 때 여러 사람이 경찰의 총격으로 죽은 데다 우익청년단들이 내려와 2천여 명을 체포해 가혹하게 고문하고 구타한 데 대한 분노였습니다. 이에 다수의 제주도민들이 호응을 했던 것입니다.

1948년 10월의 여순반란 역시 남로당의 폭동 지시로 일어난 사건이 전혀 아닙니다. 제주도 반란군을 진압하라는 명령을 받은 여수14연대 군인들이 자발적으로 이를 거부하고 총구를 돌린 사건입니다. 물론 이를 선동한 이들은 남로당원이었지만 수많은 사람들이 호응하고 나선 것은 공산주의 이념에 동조해서가 아니라 부일반역자들이 장악한 대한민국 정부에 대한 반발이었습니다.

한국전쟁 이전에 남한에 생성된 빨치산과 좌익운동은 완전한 민족해방과 통일, 민중의 생존권 투쟁의 결과물이라 할 수 있는 것입니다. 평안도 농민반란, 동학농민혁명 등 과거의 수많은 민란들과 다를 바 없는, 자생적이고 생존권 투쟁이자 민주주의 투쟁이었던 것입니다.

철저한 무장력과 조직체계를 갖추지 않는다면 이런 싸움들은 당연히 실패로 돌아가기 마련입니다. 때문에 이런 사건들로 부모형제를 잃은 사람들은 왜 그들이 무모한 싸움에 목숨을 바쳤는가 아쉬워하고 원망하기도 합니다.

그러나 세계의 수많은 민중반란들이 그러하듯이, 완벽한 승리의 전략이 있지 않더라도, 결국 패배하더라도, 당장 일어설 수밖에 없는 것이 민중이요 민란입니다. 완벽한 무력에 의한 계획적인 반란이란 곧 쿠데타를 의미하며 그 결과는 새로운 독재자의 옹립에 불과했던 것이 역사적 경험입니다. 인류의 진정한 진보는 실패를 두려워하지 않는 자생적인 투쟁들을 토대로, 이 경험을 체계화하고 조직하는 과정을 통해 이뤄졌습니다. 헤아릴 수 없는 무수한 실패와 희생을 바탕으로 자유를 쟁취하고 민주주의를 이루어 온 것입니다.

3.

10월항쟁과 제주항쟁, 여순반란 등을 통해 형성된 무장빨치산들도 즉각적으로 강력한 탄압을 받습니다. 진압에 나선 대한민국

군경과 우익청년단들은 무장한 반군을 골라서 죽이는 데 만족하지 않았습니다. 무장반군이 식량과 정보를 공급받을 수 있는 근거지가 되는 반란 지역 주민들 전체를 학살하기 시작했습니다.

여수 순천에서 죽은 7천여 명, 제주에서 죽은 3만여 명 중 직접 무장투쟁에 가담한 이들은 극소수였습니다. 나머지는 아무런 전투 의사를 갖지 않은 일반 주민들이었습니다. 제주의 경우 사망자의 30% 이상이 10세 이하 어린이 아니면 60세 이상 노인이었습니다.

여순반란 직후 반란군이 경찰관과 우익인사 1천여 명을 학살한 것은 절대로 용서받을 수 없는 전쟁범죄였습니다. 이때 죽은 이들 중에는 단순히 생계를 위해 경찰에 들어가거나 돈이 많다는 이유만으로 죽은 이들도 상당수였던 것도 사실입니다. 하지만 이후 대한민국 정부가 시행한 무차별 학살에 비하면 거의 우발적인 범죄에 속합니다. 요즘 대한민국 수립일을 건국일로 하자는 이들이 있는데, 평화주의 4천 년 역사를 외면하고 민중의 무고한 피 웅덩이 위에 세운 나라를 기념하자는 것은 참으로 수치스런 일입니다.

더구나 제주와 여수·순천의 학살은 한국전쟁 초기에 벌어진 대량학살에 비하면 연습에 불과했습니다. 앞선 여러 사건에 관련되어 수감되어 있던 좌익수 수만 명과 20여만 보도연맹원들, 그리고 남한은 물론 북한까지 포함한 인민공화국 부역자들에 대한 수를 측정할 수도 없는 대규모 집단학살은 인류역사상 유래를 찾기 어려운, 같은 민족에 대한 무차별 학살이었습니다.

전쟁발발 직후인 1950년 7월 8일 경 대전형무소에 수감되어 있다가 산내면으로 끌려나와 사살당한 이관술의 경우를 봅시다. 그는 일제 강점기 1929년부터 항일운동에 모든 것을 바친 투사 중의 투사였습니다.

당대의 수재의 한 사람이던 이관술은 동경사범대를 졸업하고 민족주의 학교이던 동덕여고에서 역사를 가르치던 중 광주학생운동이 일어나자 민족개량적인 준비론의 한계를 느끼고 직접 투쟁에 나섭니다. 교사직에 있으면서 일본의 만주 침략에 반대하는 선동작업을 하다 구속된 것을 시작으로 해방되는 그날까지 감옥생활과 수배생활로 점철된 그의 인생은 참으로 기구했습니다. 민족주의의 역사발전에 대한 무지와 한계를 절감한 그는 공산주의 이론에 심취했지만 실제 활동은 조선의 독립과 노동자 농민의 생존권 등 구체적인 민족의 현실개혁이었습니다.

해방 후 조선공산당 제2인자가 된 그는 지식인들을 대상으로 한 여론조사에서 존경받는 지도자 5위에 선정되기도 합니다. 이때 함께 선정된 이를 순서대로 보면 여운형, 이승만, 김구, 박헌영, 이관술 등이었는데 10명의 지도자 중 7명이 사회주의자였습니다. 그러나 영광도 잠시, 이관술은 해방되고 8개월 만에 위조지폐범이라는 파렴치한으로 몰려 구속됩니다. 소위 정판사위폐사건의 주모자로 몰린 것입니다.

정판사사건은 어느 모로 보아도 미군정의 조작일 가망이 높습니다. 미군정은 조선공산당을 무력화시키기 위해 박헌영 기자회견 왜곡보도, 조봉암 편지사건 등 온갖 정치공작을 시도하고 있던 중이었습니다. 이 사건이 인쇄소 직원들을 고문해 조작한 정치공작이라는 단서는 너무나 많은데, 심지어 미군정 검사 중 한 명도 이 사건이 조작되었으리라 의심하는 보고서를 올렸다가 기각되었으며 부처라 불리던 양심적인 한국인 검사 하나도 이 사건을 계기로 은퇴한 일이 있습니다.

가장 결정적인 정황 증거는 사건의 주범으로 몰려 전국에 엄중 수배된 이관술이 최종적으로 체포된 것은 다름 아닌 자신의 집이었으며 그날 낮에는 자기가 운영하는 해방서점에 들러 장부를 점검하고 몇 권의 책을 가지고 집에 돌아왔다는 사실입니다. 군정경찰청장 장택상조차도 이 사건이 무리한 조작이라 생각해 공산당 간부들은 안심하라고 전갈을 해왔다는 말도 있지만, 근본적으로는 자신의 결백을 이관술 자신이 가장 잘 알고 있었기 때문입니다. 결국 체포된 이관술은 모진 고문에도 끝까지 혐의를 부인했으나 무기징역을 받았고, 전쟁이 터지자 다른 좌익수들과 함께 끌려나와 처형된 것입니다.

이관술은 대전형무소 죄수 중에서도 맨 먼저 처형되었는데, 처형 직전에 총살집행자인 헌병중위 심용현이 "이관술, 죽는 마당에 대한민국 만세 한 번 부를 수가 없느냐?"고 하자 태연자약하게 "대한민국 만세는 모르겠고, 조선 민족 만세를 부르라면 부르겠다." 대답했으나 만세를 부를 겨를도 없이 앉은 채로 사살당했다고 합니다. 조선공산당의 2인자이던 그가 인민공화국도 대한민국도 아닌, 김일성도 이승만도 아닌 조선 민족 만세를 생각했다는 것은 여러 모로 의미심장합니다.

4.

이관술 등 좌익수들의 대다수는 스스로 죽음을 각오하고 사회를 개혁하기 위해 투쟁한 확신범이라고 할 수 있을 것입니다. 비슷한 시기에, 비슷한 장소에서 처형당한 20만의 보도연맹원들은 어땠을까요? 이전에 제주도나 전라도에서, 이후에 부역자라는 이유로 처형당한 이들은 어땠을까요?

민간인 학살의 유가족들은 대부분 자기 부모형제의 죽음이 억울하다고 말합니다. 물론 억울한 죽음이 너무나 많습니다. 총을 들고 내려온 빨치산에게 겁먹어 밥을 해주었거나 신고를 하지 않았다는 이유로, 단지 산간지대에 살았다는 이유로 군경의 총알에 죽고 불태워진 사람들이 부지기수입니다. 자기 자신은 좌익운동과 아무 상관이 없었는데 부모형제가 좌익이란 이유로 혹은 고무신을 준다는 말에 넘어가 보도연맹에 가입했다가 처참히 학살당한 이들도 많습니다. 참으로 억울한 일입니다. 그렇지만 이 억울함이란 것이, 좌익활동을 한 사람은 죽어도 좋다는 말로 해석되어서는 안 될 것입니다.

해방정국에서 좌익활동을 한 사람의 다수는 일제하 항일운동가들입니다. 해방 후에는 친일파의 복권과 미군정의 식민지화 정책에 반대한 또 다른 애국자들이었습니다. 토지와 산업시설의 전면적인 국유화가 옳지 않다고 보아 공산주의를 반대할 수는 있습니다. 그렇지만 공산주의자들이 온몸을 바쳐 항일을 하고, 친일매국노를 반대하고 미국의 식민지 정책에 반대한 것은 결코 잘못이 아닙니다. 일반적인 오해와 달리, 해방 직후 조선공산당이나 남로당이 사회주의적인 정책을 내세운 게 있다면 친일매국노와 대지주의 토지를 몰수해 빈농에게 분배하자는 정도였을 뿐, 기본적으로는 부르주아 민주주의 곧 자유민주주의를 지향하고 있었습니다. 수많은 사람들이 남로당을 지지하고 목숨 걸고 투쟁한 것은 공산주의적인 정치경제체제를 원해서라기보다 당장의 불의와 굶주림을 참지 못했기 때문이었으며, 그것은 매우 자생적으로 이뤄졌습니다. 오늘의 북한 체제의 문제점을 보고 당시의 반미, 반정부 활동을 비판하는 것은 잘못입니다.

그런데 그 많은 사람들이 왜 죽었는가? 대지주와 자본가를 비롯한 권력집단의 이익에 반대했기 때문입니다. 대부분 부일매국노 아니면 적당히 자신의 금권을 유지하면서 독립운동가를 자처해온 기득권 세력들인 그들은 미군정의 도움을 받아 언론과 행정관청, 군대, 경찰을 모조리 장악하고 자신의 이익에 반대하는 세

력들을 쳐 없앴던 것입니다. 지배권력에 반대하는 세력은 공산당
이라는 특정 세력뿐 아니라, 이를 지지하는 민중 전체라 할 수 있
습니다. 세계사적으로 보아도, 민중들이 반란을 일으키면 극소수
지배자와 그들의 충복들만 죽이지만, 지배권력층은 반란을 진압
하기 위해 민중 전체를 대상으로 학살을 감행했습니다. 대한민국
집권자들이 1백만 명으로 추측되는 민족 대학살을 감행한 것도
하나의 사례에 불과합니다.

감히 말하건대, 민간인 대학살의 희생자 유족들은 지금보다 훨
씬 당당해져야 합니다. 억울하다고 말하는 것은 좋지만, 공산당이
아닌데 죽어서 억울한 것이 아니라, 진정으로 옳은 일을 했는데
죽어서 억울한 것입니다. 혹은 최소한 나쁜 짓은 하지 않고 살아
온 가난한 민중이었는데 죽어서 억울한 것입니다.

보도연맹의 경우, 전혀 무지한 농민이 어쩔 수 없이 가입한 경
우도 많지만, 대다수는 직간접적으로 좌익활동에 관련된 이들이
며, 그것은 결코 부끄러운 일이 아닙니다. 해방 후 좌익이란 것이
공산주의 이념이라기보다 애국통일운동이었기 때문이며, 설사 공
산주의 사상이 있었더라도 소련이나 북한의 공산당처럼 일당독재
무소불위의 권력을 행사하는 경우가 아니었기 때문입니다. 남한
에서의 공산주의란 오직 민중 생존권과 민족 통일을 위해 자기를
희생해야만 하는 운동이었기 때문입니다.

인민공화국 치하에서 부역을 했다거나 4 · 3사건이나 여순반란

관련자들도 모두 마찬가지입니다. 보다 당당해져야 합니다. 죽어간 우리의 부모형제들은 결코 악당들이 아니라 진정한 애국자였다는 사실을 당당히 말할 수 있어야 합니다. 아무것도 모르는 무지몽매한 농민이었다는 말은 결코 자랑거리가 아니며, 많은 경우 사실도 아닙니다. 아무리 전시군사행정이라도, 덮어놓고 죽였던 것은 아닙니다. 10세 이하의 유아라면 모를까, 이승만 정권에 반대하는 마음은 당대 민중들 대부분의 마음이었기 때문에 저들은 어느 누구를 쏘든 정확히 자신의 적을 맞출 수 있던 것입니다.

문제는 잘못이 없는데 왜 쏘았느냐가 아니라, 왜 옳은 사람을 쏘았느냐에 있습니다. 위법을 했다면 법 절차에 따라 합법적으로 처벌해야지, 왜 마음대로 즉결처분을 했느냐를 따져야 합니다. 한 민족 역사상 유래 없는 이 대학살을 명령하고 시행한 자들에 대한 처벌과 진상규명을 요구해야 합니다. 희생자에 대한 명예회복과 국가적 차원의 보상을 요구해야 합니다. 과거 민주화 정권에서 약간씩 진행되던 이 일들이 다시 유야무야되고 있는 것에 항의하고 나서서 싸워야 합니다. 그것이 앞서 돌아가신 부모형제들의 죽음을 올바르게 기리고 그들의 못 다한 이상을 실현하는 길입니다. 더 이상 억울하다고 하소연하지 말고, 죽은 이가 옳았고 당신들이 나빴다고 과감히 말해야만 합니다.

(대전 산내면 피학살 유족회 강연, 2008년 9월)

민주노동당은 아무 잘못이 없다?

1.

'눈물이 난다. 한국 민주주의는 이제 끝났다.'

제17대 대선을 일주일 앞둔 그제 한 동료 작가가 쓴 글의 서두이다. 두려움보다는 한탄이다. 극우보수 세력이 집권하면 이 나라가 어찌될 것인가 하는 두려움보다는 민주화 세력의 공로가 무참히 우롱되고 희대의 사기꾼이 대통령이 된다는 것, 대안으로 내세운 민주노동당이 최악의 밑바닥 지지율을 벗어나지 못한다는 것에 한탄하여 실의에 빠진 이들이 너무나 많다.

나의 짧은 경험으로 보아, 민중이란 그렇게 위대한 존재는 못된다. 아무리 못된 악당들이 설치고 다녀도 자신의 이익에 직접

해가 오지 않으면 못 본 체하고 싶어 한다. 때때로 거대한 역사의 흐름에 휩쓸려 불의에 맞설 때라도, 개인적인 손해를 감수하며 싸우고 싶어 하지는 않는다. 집단화되지 않으면, 익명성이 보장되지 않으면 나서지 않으려 한다. 어디 그뿐인가, 조금만 상식이 있어도 깨달을 수 있는 황당한 선전선동에 열광하기도 하고, 공동의 선을 거꾸로 공동의 적으로 삼아 매도하기도 한다. 민중 개개인은 착하고 현명할 수 있지만 집단화된 민중의 열기와 증오는 걷잡을 수 없는 바람에 휩쓸려 다니곤 한다.

지금 우리는 그 민중의 '어리석은 선택'을 지켜보아야만 하는 처지가 되었다. 아무리 그의 파렴치함을 공개해도 근래 대선 최대의 지지율로 희대의 사기꾼을 지지한다. 민주 세력과 진보 세력을 막론하고 자신의 편에 선 양심적인 사람들이 아무리 옳은 지적을 하고 자신들을 위한 정책을 내세워도 거들떠보지 않는다.

우리가 목숨까지 바쳐 사랑하고자 하는 이 민중들은 두 차례의 군사쿠데타를 스스로 합법화시켜 주었으며 이후의 두 차례 자유선거에서도 그들의 손을 들어주었다. 김대중, 노무현의 중도보수 세력의 한계를 십 년이나 맛보고도 보다 나은 진보를 택하기는커녕 오히려 더 먼 과거로 돌아가고 싶어 한다. 우리가 아무리 자기들과 나란히 서서 집권여당을 비판해도, 그들은 우리를 자신의 편이라 여기지 않을 뿐 아니라, 더 한심한 놈들이라며 꼬나볼 뿐이다.

한때 민노당원들을 흥분시켰던 지지율 몇 프로, 국회의원 몇 석, 몇 년 후 집권 등등의 장밋빛 설계도는 어디로 갔는가? 단순한 이념적 보수로의 회귀를 넘어, 부패와 거짓과 사기로 얼룩진 전과자까지 고용하여 먹고 살아보겠다는 이 천박한 소망들은 어디서 비롯된 것인가? 신자유주의 탓인가? 조중동의 황색 선동 탓인가? 지난 10년의 실정 탓인가? 민노당은 진정 아무 죄도, 아무 잘못도 없는가?

선거가 5일 남은 이제 기적은 바라기 힘들게 되었다. 설사 기적이 일어나 희대의 사기꾼이나 원조보수를 자처하는 자들이 날벼락을 맞더라도 민노당의 현실에는 변화가 없을 것이 거의 확실하다. 우리가 신처럼 모셔온 민중이 돌연 변덕을 일으켜 그들을 외면한다 해도 그 혜택이 민노당에 돌아올 일은 없어 보인다.

이런 상황에서 새삼 마음 아픈 이야기를 하는 것은 울고 싶은데 뺨 때리는 격이리라. 하지만 반대로 지금이 바로 말할 때가 아닌가 싶다. 미리 말하지만, 나는 오늘의 현실에 대해 민노당이 죄가 있다고 생각하지 않는다. 정말 최선을 다해 열심히들 해준 점, 아무리 치하해도 부족할 따름이다. 다만, 그동안 민노당의 활동을 지켜보며 느낀 '잘못된 부분'들에 대해, 특히 조직적 노력에 대해 민노당 지도부와 당원동지들께 진지하게 건의하고 싶을 뿐이다.

2.

당원 가입 원서부터 이야기하자. 참으로 오랫동안, 민노당 사람들을 만날 때마다 생각났던 이야기다. 뒤늦은 고백이지만, 나는 민노당원이 아니다. 민노당이 주도하는 문학예술인 선언에 거의 빠짐없이 이름이 들어가 있고, 이번 대선의 문화예술 부문 공약발표 때도 맨 앞에서 사진을 찍었지만 정식으로 민노당 당원 가입 원서를 쓴 적이 없다. 민노당의 뿌리라고 할 수 있는 진보정당추진위원회부터 민중의 당, 민중당에 빠짐없이 참가했지만 아직도 민노당 당원 가입 원서를 쓰지는 않았다.

그런데 이게 나의 문제만이 아니다. 우리끼리 말하면서 웃기도 하는데, 민노당이나 민주노총이 내놓는 관련 선언문에 매번 이름을 올려놓은 작가들 중에, 민노당에서 하는 일이라면 거의 무조건적으로 지지해온 동료들 중에 당원이 아닌 사람이 더 많다. 아니, 대다수다. 대체 어찌된 일일까?

간단하다. 그 누구도 우리들 가입 원서를 쓰라고 내미는 이가 없었던 것이다. 물론 당에서 먼저 찾아간 유명작가들도 있었을 것이며 나 같은 사람은 당연히 당원이라 여겼을지도 모르겠다. 그렇다면 그것도 문제다. 도대체 당원 조직사업을 전담하는 부서가 있기는 있는가 모르겠다.

당장 이런 말이 들려오는 듯하다. '무슨 소리냐? 우리가 남이냐? 양심 있는 작가라면 스스로 당에 가입해야지!' 라고. 덧붙여, '당에 일꾼이 얼마나 모자라는지, 실무자들이 얼마나 헌신적으로 일하고 있는지 아느냐.' 는 하소연이 들리는 듯하다.

맞다. 그래서 문제다. 민노당은 이제 '먼저 찾아오는 당' 이 아니라 '알아서 찾아가야 하는 당' 이 되었다. 과거 진정추나 민중의 당, 혹은 민중당은 몇 안 되는 소위 '노동작가' 들을 끌어들이기 위해 무척 애를 썼다. 작가뿐 아니라, 한 명의 당원이라도 더 만들기 위해 내가 살던 태백 산골짜기까지 빈번히 내려와 노동자들을 설득하고 다녔다. 그런데 이제는 스스로 찾아가야만 하는 당이 되었다.

더욱이 진짜 문제는 찾아가서 무얼 하는가이다. 나의 동료작가들에게 한정시켜 말하자면, 우리가 민노당을 위해 할 수 있는 일은 서명이 아니다. 우리가 무슨 대중적인 인기를 휩쓰는 베스트셀러 작가들도 아닌데 반대 성명이니 지지 선언에 이름을 넣는 게 무슨 도움이 되는가 궁금하다. 글쟁이들이 할 수 있는 일은 글을 써주는 일이다. 시로, 소설로, 콩트로 대중에게 말하는 일이다.

전노협이나 민중당 시절까지는 그런 요구들이 잇달았던 기억이 난다. 콩트도 써주고 우리들의 책에 대해서 광고도 해주고, 그런 대로 바빴다. 그런데 민주노총과 민노당이 자리 잡고 나서는, 홈페이지도 있고 기관지도 있는데 도와달라거나, 글을 써달라는 요청은 받아본 바가 없다. 서명조차도 항상 간접적으로 요청한다.

그것도 민노당 실무자나 간부가 아니라 그 자신부터 당원도 아닌 동료작가로부터 간접적으로 요청을 받는다. 이름 좀 내줘, 아니면 돈 좀 내라고.

역사책을 열어보자. 일제하 엄혹한 상황에서도 사회주의자들은 당대의 문화예술인들을 조직해 그들로 하여금 당의 이념을 설파하게 했다. 해방 후에도 진보정당에는 반드시 문화부가 있고 거기에는 당대의 리얼리즘 문화예술을 대표하는 이들이 직접 가입해 책임을 지고 활동했었다. 문화예술을 통한 선전이 조직에 얼마나 큰 도움이 되는가를 잘 알고 있었기 때문이다.

당원 가입 문제는 문화예술인에 국한된 문제가 아니다. 그 정도 문제라면 말 그대로 우리 스스로 나서서 찾아갈 수도 있을 것이다. 진짜 문제는 그것이 일반 대중에게도 적용된다는 점이다. 특정 지역의 활동가를 비판하려는 것이 아니니 오해 없기를 바라며, 다른 사례를 들어보자.

내가 사는 시골에도 농민회가 있다. 그 사실을 나는 이사한 지 몇 년 만에야 알았다. 포클레인을 하며 농사를 짓다보니 면 단위 구석구석 안 다녀본 데가 없고 농민을 대상으로 한 온갖 교육이며 농협장 선거며 행사에 꼭 참가했는데도, 그 어떤 자리에도 농민회장이나 농민회 간부가 나타난 적이 없었기 때문이다. 우리 면 농민회장은 투쟁성 강하기로 전국에서도 유명한 사람이며 그 대표성을 갖고 북한에도 다녀오고 전국적인 행사마다 참가한다는 이야기는 서울 사람들로부터 들었다. 그리고 그를 처음 만난 것은 전교조 선생님들과의 우연한 술자리에서였다. 대단히 헌신적인 운동가인 그는 농사일도 거의 못할 정도로 바쁘게 시장이며 시의원, 도의원을 만나 항의하러 다니고 집회를 주도한다고 했다. 사실일 것이다. 그는 존경받기에 충분한 인물일 것이다. 하지만, 작가로서가 아니라, 보통의 농민이자 지역주민으로 그를 만날 기회는 십 년이 지난 지금까지도 다시는 주어지지 않았다.

민노당도 마찬가지다. 내가 아는 몇몇 지구당위원장들의 성실성과 헌신성은 놀라울 정도다. 정치적 의견을 달리하여 표를 찍지 않을지라도, 그들에 대한 지역주민들의 인지도와 신뢰는 꽤 높은 편이다. 반면, 중앙당 활동에는 누구보다 열심이지만 지역에서는 거의 대중활동을 하지 않는, 자발적으로 찾아오는 지지자들조차 관리하지 못하는 특별한 지구당위원장에 대한 이야기도 들었다.

내가 사는 농촌 소도시 사람들은 정치적으로 대단히 보수적인 쪽이다. 그럼에도 지난번을 빼고 그 이전의 수차례 총선과 지방선거에서 민주당 계열이 당선되어 왔다. 실제로 사람들을 만나보면 근본적인 시각은 한나라당인데 만나는 이는 민주당이나 열린우리당이고 그쪽으로 표를 찍는다. '표리부동'하는 다수 민중이 가진 표는 '친한 사람'에게 가게 되어 있는 것이다. 마음의 문이 열리면 표만이 아니라 마음도 가고, 결국에는 이념의 잣대까지 친한 사람에게 맡기게 되는 것이다.

우리 시에 민노당이 세워진 지는 얼마 되지 않아 아직 뭐라고 할 수는 없지만, 적어도 아직까지 그 책임자나 실무자들이 시골 동네에 무수히 벌어지는 온갖 행사에 참가하여 명함을 돌리고, 당에 가입해 달라고 설득한다는 이야기는 들어보지 못했다. 반면, 한나라당의 누구니 열린우리당의 누가 마을회관 준공식에 왔다 갔다는 식의 이야기는 흔히 듣는다.

　적어도 전노협과 민중당 시절까지는 작가는 물론 노동자들 속으로 파고들기 위한 적극적인 노력들과 부딪혔는데 민주노총과 민주노동당이 만들어진 후에는 우리가 먼저 찾아가서 도와주겠다고 해야만 하는 사이가 된 것이다. 이런 느낌이 과연 나만의 것일까?

　합법적인 정당으로, 합법적인 선거에서 표를 얻겠다고 나섰으면 그야말로 합법적이고 공개적인 자리라면 어디를 막론하고 민노당의 깃발을 내걸고, 민노당 가입 원서를 뿌리고, 지지를 호소하는 모습을 보고 싶은 게 나만의 욕심일까? 돈 없고 시간 없는 대표나 실무자들에게 너무 무리한 요구일까? 지역구 유권자가 5만이니 명함 5만 장은 뿌리고 다니라는 게 너무 세속적인 주문일까?

　확실한 것은 민노당에 가담한 거의 모든 이들이 진실로 좋은 사람들이라는 점이다. 이런 지적들이 정말로 열심히 활동하는 대다수 지구당위원장들과 실무자들에게 힘을 빼는 말이 아니기를 바란다. 그러나 더 확실한 것은 나와 동료작가들을 비롯해, 이왕에 가입한 숫자보다 훨씬 많은 좋은 사람들이 자신들을 불러주기를 기다리고 있다는 점이다.

나서자! 여러분이 손만 내밀면 함께할 의사가 있는 사람들이 나를 포함해 아직도 무수히 널려 있다. 상황이 어려울 때 여러분의 손을 잡아주는 이들이야말로 진실한 친구, 진성 당원이 될 것이다. 그냥 부르는 것으로는 안 된다. 너희들은 돈이나 내고 이름이나 빌려달라고, 일은 우리 실무자들이 알아서 하겠다고 말하지 마라. 돈 있는 사람에게는 돈을, 글 쓰는 사람에게는 글을, 몸밖에 없는 사람에게는 몸만 빌려달라고, 그들 하나하나에 구체적인 일을 맡기면서 동지가 되어 달라고 손을 내밀자. 지금이 바로 그때다. 선거가 끝나자마자, 모두들 패배감과 좌절감으로 실의에 빠져 있을 때 손을 내밀자. 민주노동당의 이름으로 그들에게 새 희망을 불러일으키자.

3.

물론, 조직적인 노력은 올바른 정책이 뒷받침되지 않으면 헛고생으로 끝나기 십상이다. 마음의 문을 열면 무엇하겠는가? 그 마음속에 집어넣어줄 것이 없다면. 그러면 민노당의 정책은 얼마나 좋은 점수를 받고 있는가?

국회에 진출한 민노당의 가장 큰 애환은 원내 교섭단체 상한선인 20석이 못 된다는 점이라 들었다. 당연히 교섭단체 구성 여부는 매우 큰 차이일 것이다. 그런데 김대중 대통령 시절 집권 여당의 줄기찬 하소연이 무엇이었나? 원내 소수파라 뭐 하나 해낼 수가 없다는 것이었다. 그러다가 대통령 탄핵사태로 졸지에 원내 다수당이 된 열린우리당은 뭐라고 했나? 꿀 먹은 벙어리가 되었다. 가끔 조중동 탓이나 하며, 언론 때문에 아무것도 안 된다고 핑계를 댔다.

1980년대 이후 노동법 개정운동에서 빠지지 않는 요구 중 하나는 산별노조로의 전환이었다. 기업별 노조라서 어용화되기 쉽고 투쟁력이 약하다는 거였다. 정말? 그럼 1960, 1970년대는? 내내 산별노조였지만 철두철미하게 어용이었다는 사실을 그새 잊었나?

요즘 중대선거구제 이야기도 나온다. 광역에서 여러 당의 후보를 뽑으면 진보정당에게도 당선 길이 트이리라는 것이다. 그럴 수 있겠다. 하지만, 유신독재가 판을 치고 야당이 말살되어 있던 1970년대야말로 중대선거구제가 아니었던가?

법률이나 사회적 분위기란 어디까지나 외적 조건에 불과하다. 사람들을 설득하고 끌어들일 수 있는 정책이 없으면, 또 이를 실천에 옮기려는 주체적인 역량과 현실주의적인 실천 노력이 없으면 아무 소용이 없다.

그렇다면 민노당은 과연 그런 정책을 가지고 있는가? 정책을 널리 알리고 조직하는 일에 대한 논의는 차치하자. 과연 사람들이 수긍하고 좋아할 만한 정책을 내세우고 있는가?

사회주의? 어떤 사회주의? 토지 공장 집 다 빼앗아서 다시 나눠 주자고? 그거야 아무것도 가진 게 없는 백성이 대다수이던 봉건제 시대 이야기지, 이미 사유재산 축적의 기쁨과 자유의 단맛을 본 이들에게 다시 빼앗아 보려고? 혁명의 불꽃보다 반혁명의 불꽃이 더 뜨겁다는 걸 잊었나? 아니면 점진적 사회주의? 그건 한국 사회당 공약 아닌가? 적당히 자본주의를 수용하면서 이름만은 사회민주주의로 내세울까? 아니면 그때 그때 요구에 따라 노동자 농민 서민대중을 위한 정책들을 내세울 것인가?

짧은 식견으로 보건대, 가장 올바른 것은 무슨 무슨 주의니 노선이니 하는 옛날 교과서의 공식은 참고만 하고, 현실 사안 하나 하나에 대해 보다 진보적이고 민중적인 입장을 내세우는 것이리라. 하지만, 그것조차도 현실에서는 황당한 복병을 만날 수 있다. 무상교육 무상의료? 참 좋은 제도이다. 그런데 나는 '아, 그게 무슨 도둑놈 심보여? 왜 공짜로 치료받고 돈 안 내고 배운다는 거여?' 라고 말하는 또 많은 사람들을 알고 있다. 나 자신도 '최소한 국가가 전화비나 전기세는 면제해줘야 하는 것 아닌가.' 하고 말을 꺼냈다가 호되게 혼난 적도 있다.

그렇다면 과거 사회주의의 폐해에 진절머리를 내는, 그리고 자유주의에 길들여진 사람들이 너무나 많은 상황에서 다른 일반 민주주의 세력과 차별되는 민노당의 정책은 무엇인가? 벌써 십 년

이상 좋은 정책들을 내세웠음에도, 표는 찍지 않더라도 최소한 당지지율은 좀 나와야 하는데 왜 지지율까지 폭락을 거듭하고 있을까? 어딘가 문제가 있는 게 아닐까?

민노당의 최고 정책 중 하나로 자리 잡은 통일문제를 예로 들어 보자. 통일이라는 단어만 생각하면, 민족이라는 단어만 입에 올려도 눈물이 난다는 사람들이 있다. 민노당원의 상당수도 그럴 것이다. 나도 한때는 그랬다. 제정신을 가진 한국 사람이라면 누구라도 영원한 분단을 원치 않으리라. 연방제든 뭐든, 10년이 걸리든 50년이 걸리든 민족의 평화통일을 위한 길이라면 참고 노력해야 할 것이다.

하지만, 통일이 모든 것을 해결해줄 수는 없다. 민노당의 주력인 어떤 노조는 조합의 최우선 활동과제를 통일로 삼고 교육도 행사도 통일운동에 집중한다고 한다. 아마도 그들은 독점자본과 친미권력이 분단의 원흉이며 통일의 장애라고 가르칠 것이다. 자본가는 통일에 반하는 세력이라 타도되어야 하지만 자본가 중에서도 통일에 도움이 되는 정주영 같은 사람은 노동자 편이라고까지 교육하는지도 모르겠다. 통일 앞에서는 계급적 대립도 무용지물이라 가르치는지도 모르겠다. 과연 그러할까?

전 세계에서 단일민족이면서 분단되어 있는 나라는 한국뿐으로 알고 있다. 그렇다면 통일된 다른 모든 나라들은 노동 문제, 빈부격차 문제, 인권 문제들이 해결되었단 말인가? 분단 때문에 국가보안법이 있어 사상의 자유를 누리지 못하고 있다고? 물론 맞다. 여전히 조직적으로 사회주의 사상을 설파하기란 쉽지 않다. 그러나 지금은 아무 책방에 가도 『공산당선언』부터 마르크스와 레닌 전집을 살 수 있으며 도서관에 가면 『김일성 전집』까지 자유로이 읽을 수 있다. 다만 사람들이 동의하지 않을 뿐이다. 국가보안법 자체는 악법이지만, 우리에게 그 족쇄를 채우려는 이들은 국가권력이라기보다 일반대중이라고 한다면 너무 지나친 농담일까? 1970년대까지는 몰라도, 사회주의권이 붕괴되고 북한이 최악의 상황에 이른 오늘날 급작스런 통일을 두려워하는 것은 남한의 지배권력이 아니라 북한의 지배권력이라고 한다면 너무 지나친 야유일까?

통일은 만능열쇠가 아니다. 과거 진보운동가들이 추구하려 했던 가치와 이후의 고난에 찬 경험들로부터 일궈낸 새로운 가치들을 폭넓게 받아들이고, 공부하고 연구하고 실천해야만 한다. 그러한 노력들 위에 바른 정책이 세워졌을 때라야, 사실상 초기 자본주의의 자유방임주의나 다름없는 신자유주의의 야만성이 가져온 피해들과 싸울 수 있을 것이다. 통일만 하면 다 된다는 발상만으로는 5천만에 이르는 남한 민중의 고통을 해결할 수 없을뿐더러 대중적 지지도 얻지 못하고, 심하게는 거꾸로 북한을 괴롭히는 결과가 될 것이다.

통일정책뿐 아니라 FTA 문제, 비정규직 문제 등등 모든 정책이다 마찬가지다. 보다 냉철하고 이성적인 기준을 세우고 현실적 여건을 고려하는 자세, 지금 이러한 지적들조차 널리 받아들이려는 폭넓은 자세가 필요하다고 본다.

4.

마지막으로, 갑자기 떠오르는 또 다른 기억이 있다. 나의 무식이 드러난, 조금 창피한 일화다.

아마도 1993년 봄이었을 것이다. 독자적인 진보정당을 추구하며 출범한 민중당이 제14대 대통령선거에서 민중으로부터 철저히 외면당하고, 민중당을 이끌던 지도부의 다수가 새 대통령 김영삼을 따라 민자당으로 전향하던 무렵이었다.

나는 그때 구로동의 노동인권회관에서 실무를 보고 있었는데, 어느날 노회찬 씨가 찾아와서 함께 활동하자고 제안해 왔다. 굳이 제안을 받을 필요도 없던 것이, 나야말로 독자정당의 효시였던 진정추부터 함께 했던 적극 지지자였다. 그런데 노회찬 씨와 대화를 나누던 중 무심코 농담을 던졌다.

"다른 사람들은 썰물을 따라 다 빠져나가는데, 그래도 남아 있는 분들을 보니 꼭 망둥어 같네요."

웬 망둥어? 바로 그 무렵 인천 앞바다에 놀러갔다가 망둥어란 놈이 썰물을 따라 나가지 못하고 돌 틈에 숨어 있다가 마구 잡힌다는 이야기를 들었던 것이다. 내 딴에는 기회주의자들은 시류를 따라 보수우익으로 전향해 달아나는데 꿋꿋이 원칙을 지키니 고맙다고 한 말이었다.

그런데 노회찬 씨 표정이 가관이었다. 얼굴이 상기되어, 뭐라고 대꾸를 할지 몰라 어색하게 웃는데, 그제야 이게 아니구나 싶었다. 멍청하게도, 그 망둥어란 놈이 꼴뚜기가 뛰니 망둥이도 뛴다느니 망둥어 같은 놈이니 하는 놀림감이었다는 사실을 그제야 상기한 것이다.

욕이나 다름없는, 어처구니없는 비아냥에도 끝내 웃음을 버리지 않던 노회찬 씨가 지금 생각해봐도 참 괜찮은 인물이구나 싶다. 다시 많은 시간이 흘렀지만 여전히 그날의 실수가 부끄럽고 노회찬 씨와 주대환 씨 등 당시의 여러 동지들에게 미안하다. 이 자리를 빌려 거듭 사과를 드린다.

어쨌거나 그렇게 민중당은 망가져 가는 듯했다. 하지만 세월이 지나면서 끝내 다시 일어서더니 국회의원까지 배출한 당당한 민주노동당으로 거듭났다. 비록 지금 잠시 어렵지만 우리는 반드시 일어설 것이다. 이유는 단순하다. 현실 자본주의가 끊임없이 우리를 요구하기 때문이다. 현실 자본주의가 빚어내는 모순들이 끊임없이 우리의 도움을 필요로 하는 민중들을 생산해 내기 때문이다. 그때 '호랑이를 잡으러 호랑이 굴에 들어간다.'며 떠나간 이들은 적어도 우리들 세대가 다 죽을 때까지는 기회주의, 출세주의자들로 기억될 것이다.

　거듭 말하거니와, 나는 민노당이 여러 가지로 어려움에 봉착한 지금이야말로 새로운 기회의 시간이라 믿는다. 새롭게 사람들을 조직하고, 공부하고 싸우는 과정에서 대중적인 지지를 얻어나갈 수 있는, 전화위복의 시간이 되리라 믿는다. 힘을 내자! 힘을 냅시다!

(민주노동당 홈페이지, 2008년 4월)

나의 전성시대

   생각만으로 현실을 바꿀 수는 없을 것이다. 그러나 생각으로 기분을 바꿀 수는 있다. 같은 일이라도 추억하기에 따라 고통이 될 수도 있고, 기쁨이 될 수도 있다.

   스무 살이 되던 1980년 봄, 광주민주항쟁에 동조하는 유인물을 뿌렸다가 계엄포고령 위반으로 수배, 구속되어 참 무지막지하게 맞았다. 국군보안대와 헌병대의 무식하고 살벌한 폭행으로 구멍마다 피를 흘리고 등과 목뼈 두 군데가 비뚤어지고 가는귀가 먹어버렸다.

   이렇게만 이야기하면 고통의 세월이다. 그러나 그때를 나의 전성시대라 생각하면 전성시대다. 하룻강아지 범 무서운 줄 모른다고, 광주학살의 소식에 두려움을 먹기보다 오히려 발끈해서 거리로 튀어나갈 수 있던, 진정한 젊은 시대였으니. 감옥에서 곧장 군대에 끌려갔다 제대한 지 사흘 만에 복학도 거부하고 가출하여 공장에 들어간 것도 거침없는 젊음 때문이었으리라.

노동운동을 하겠다는 목적의식에도 불구하고, 육체노동은 만만치 않았다. 공장에 들어가자마자 폐결핵에 걸려 고생했고 너무 일찍 결혼하는 바람에 생활비를 벌기 위해 선택한 맞교대, 삼교대 작업은 늘 정신을 몽롱하게 했다. 얼마 후에는 탄광에 내려갔는데 고문으로 얻은 척추 신경통에 시달리던 내게 광산 일은 거의 살인적이었다. 한나절 삽질을 하고 나면 점심시간에는 맹물만 먹고 밥은 전혀 못 먹을 정도로 기진했다.

다행히(?) 지명수배를 당해 탄광 일을 그만두고 1년여를 숨어 활동해야 했고, 6월 민주항쟁의 여파로 수배가 풀려 한동안 공개적으로 활동했으나 또다시 국가보안법 위반으로 수배가 떨어져 3년여를 숨어 살아야 했다. 쉴새없이 도망 다니는 두려움, 경제적 고통이야 설명할 필요도 없으리라. 그 사이 가정은 완전히 파탄이 나버렸다.

이렇게만 이야기하면 저 흔해빠진 '후일담소설' 한 편 나올 만하다. 그러나 다시 생각하면 그때야말로 나의 전성시대였다. 광산 지역에 만든 수십 명에 이르는 '무명의' 활동가 조직의 일원으로 매일 이십 명 이상의 광부들과 대화를 나누고 술을 마시고 웃고 떠들고 싸우며 보낸 이십대 후반이야말로 운동가로서 내 인생의 절정이었다.

수배된 몸으로 구로공단의 월 8만 원짜리 지하방을 얻어 혼자 살게 된 것이 1989년, 아이들은 부모님에게 맡겨졌고 하루하루 라면 끓여먹기도 어려운 나날이 계속되었다. 지하방에서 라면 먹고 살며 쓴 첫 장편소설 『파업』이며 잇달아 나온 『사랑의 조건』이 제법 팔렸지만 이런저런 이유로 돈은 되지 않았다.

수배 상태에서나마 노동운동을 해보려고 구로노동인권회관에 가명으로 들어갔으나 노동운동의 주도권은 어느덧 노동조합에 넘어가 있었다. 합법적 노조를 이끄는 노동자들은 더 이상 혁명적 지식인들의 도움을 달가워하지 않았다. 상담소의 기반이던 법률상담은 변호사나 노무사들에게 넘겨졌다. 결국 노동인권회관도 문을 닫게 될 무렵, 나는 3년 만에 체포되어 한겨울 감옥살이를 하게 되었다.

이렇게만 보면 역시 고난의 시기라 할 만하다. 그러나 이 시기역시 또 다른 전성시대였다. 어려서부터 꿈꿔온 '이야기꾼'이 되어 마음껏 쓰고 싶은 글을 써보았고 알량한 유명세 때문에 소위 비밀스런 전위조직마다 같이 일하자고 제안을 해왔다. 현장 대중운동으로 훈련된 내게는 그들의 활동방식이 너무 관념적이고 좌익소아병적으로 보여 곧 이탈하고 말았으나 역시 경험하기 힘든 귀한 추억들이었다.

잠시 감옥에 갔다 온 나는, 노동운동도 문학도 포기했다. 가족을 먹여 살리기 위한 보통의 삶이 시작되었다. 매일 새벽 인력시장에 나가 여기저기 공사장에 팔려 다니다 못해 시화공단에 취업했으나 도저히 먹고 살 수가 없어 포클레인을 배웠다. 배운다고 시간을 보낼 수도 없어 왕초보 주제에 일을 나갔다가 구박받기를 몇 달 만에 어디서나 환영받는 '안 기사'가 되었다. 서울 구석구석을 돌아다니던 끝에 지하 30미터의 지하철 공사장에서 만 3년을 보내며 번 돈을 밑천삼아 이곳 이천으로 내려와 농사를 겸하게 되었다. 본인이 어떻게 의미를 부여하든 상관없이 경제적으로나 사회적으로나 최고 밑바닥 삶이었다. 1994년도부터 시작된 그 생활은 꼭 10년간 계속되었다.

하지만 이 시기 역시 좋게 보면 좋게 볼 수 있을 것이다. 경찰에 쫓겨 다닐 일이 없으니 마음 편했고 경제적으로도 버틸 만했다. 도시 생활을 버린 대가로 넓은 텃밭에 큰 집을 마련할 수 있었고, 소꿉장난하듯 지어본 온갖 농사도 재미있었다. 포클레인이 아쉬운 농부들은 낯선 나를 텃세 없이 잘 받아주었다. 이 시기 역시 또다른 나의 전성시대였다.

다시 글을 쓰기 시작한 것은 2003년이었다. 어느 정도 민주화가 이뤄진 1990년대 이후 한국 문학이 급격히 관념적이고 사적인 영역으로 협착해버리는 것을 보고, 나 혼자라도 민중문학을 지켜야겠다 마음먹은 것이다.

예전처럼 1980년대 노동운동에 관한 작품을 준비하던 내가 일제와 해방공간에 시선을 주게 된 것은 우연이었다. 한 출판사로부터 일제하 노동운동가 이재유의 전기를 써달라는 주문을 받았을 때만해도 뜬금없이 웬 옛날이야기인가 망설였다. 그런데 생존자의 한 사람인 이효정 할머니를 면담하면서, 우리들의 1980년대와 너무도 흡사한 그들의 모습에 사로잡혔다. 그들의 행적은 1980년대는 물론 오늘의 현실에도 그대로 적용될 수 있는 요소들을 가지고 있었다. 나아가 해방 후 한국전쟁까지의 뼈아픈 역사는 들여다보면 볼수록 많은 현실적 지침들을 숨기고 있었다. 반공이데올로기가 다소 완화되면서 쏟아져 나온 여러 회고록과 녹취록들은 그 시대 풍물과 사회상을 더욱 생생하게 전달해주었다. 70년 전 경성 거리를 누비던 사회주의 항일 노동운동가들은 점차 나의 벗이 되었다. 나중에는 내가 마치 그들과 함께 운동하고 있는 듯한 환각까지 느꼈다.

이렇게 탄생한 『경성트로이카』는 물론 소설이었다. 특히 이효정 할머니와 이재유와 사이에 있었던 몇 가지 일화는 다른 할머니의 증언을 인용해 꾸며냈다. 그런데 일단 역사 공부를 시작하니 점점 사실의 매력에서 벗어날 수가 없었다. 보다 사실적인 기록물을 써보고 싶어졌고, 잇달아 이관술과 이현상의 평전을 쓰게 되었다. 뜻하지 않게 역사 다큐 전문 필자로 인식되다 보니 요구의 폭은 점점 넓어져 비록 어린이용이지만 홍경래와 전봉준의 평전을 쓰게 되었고 1970년대 청계노조사와 1990년대 노동운동 이야기까지 망라하게 되었다.

하지만, 과수농사와 포클레인을 하면서 열 권 가까운 책을 쓰기란 무리였나 보다. 지난 수년 사이 내 몸은 심하게 망가져 버렸다. 극심한 두통 때문에 병원을 찾기 시작한 이래 나는 어떤 의사로부터도 '검사에서 아무것도 나오지 않았다.'는 말을 들어보지 못했다. 깨끗했던 내 의료기록에는 열다섯 가지 이상의 온갖 병명이 차곡차곡 쌓여갔다. 결국 작년부터는 거의 새로운 글을 쓰지 못한 채 마치 뇌가 졸고 있는 것 같은 뇌졸중 증상에서 벗어나지를 못하게 되었다.

그럼에도 불구하고, 지난 몇 해야말로 나의 전성시대라고 생각한다. 남북에서 모두 잊혀지거나 배제당했던 혁명가들을 되살리는 작업은 일생의 보람이었다. 내가 숨결을 불어넣은 이재유, 이효정, 이순금 같은 이들이 독립유공자로 인정받게 되었으니 기쁘고, 공인은 받지 못했더라도 오랜 세월 박대받으며 살아온 또 다른 여러 운동가들의 후손들을 위로할 수 있었으니 만족스럽다. 글로써 억울하게 죽은 영혼들을 되살리고 위로하는 글무당이 되었으니 작가로서 더없는 영광이 아닐 수 없다.

내게 역사는 오늘을 가름해주고 내일의 지침을 주는 최선의 잣대이다. 어제 일이 되는 순간부터 왜곡되기 시작하는 기억을 바로잡아주는 위대한 의술이다. 잊어서는 안 되는 인물들의 영혼을 불러내어 후손을 향해 말하게 만드는 최고의 영매이다.

또한 내게 역사기록 작업을 가능하게 하는 것은 스스로 놀랍도록 천진난만한 낙관주의다. 모래사장을 달리는 차바퀴처럼 인간의 역사는 결코 후퇴할 수 없다고 믿는, 과거로부터 현재까지 숨쉬고 있는 모든 시간이 자신의 최고의 전성기라고 믿는 철두철미한 낙천성이다. 그래서 나는 오늘도, 내일도 먼지 쾌쾌한 영인본들을 뒤지고 있는 것이다.

(『역사와 산』, 2008년 4월)

1980년 봄과 난쏘공

　벌써 28년 전이다. 박정희의 죽음으로 내려진 계엄령이 지속되고 있음에도, 무언가 세상이 바뀌리라는 흥분이 사람들을 들뜨게 하던 1980년 3월, 불안한 봄날이었다.

　아직 학생 시위도 시작되지 않은 시기였다. 내가 다니던 강원대학교에는 별반 민주화운동이 없었기 때문에 제대로 된 운동권 동아리라고는 민중문화연구회 하나뿐이었는데 어느날 빈 강의실을 빌려 문학 강연을 한다고 했다.

　토론 주제로 선정된 책은 『난장이가 쏘아올린 작은 공』이었다. 자세한 내용은 기억나지 않지만, 강사를 맡은 선배가 뫼비우스의 띠니 클라인 씨의 병이니 하는 단어들에 대해 이야기를 한 기억이 어렴풋이 떠오른다.

선배의 권유에 따라 읽어본 난쏘공은 독특했다. 대충 읽어서는 앞뒤 줄거리도 잘 이해할 수 없는 연작소설인데다 가끔씩 등장하는 생경한 통계표들, 무엇보다도 주인공이 난장이어야 하기 때문에 상황을 상상하는 데 있어서 겪어야 하는 어려움이 책을 술술 읽어 내리지 못하게 했다. 솔직히, 장중한 서술식 문체를 선호하는 내게는 감각적으로 잘 맞지 않기는 했다. 난장이라는 설정이 근본적으로 비현실적으로 느껴진 탓인지, 대학생들을 위한 혹은 대학생에 의해 집필된 감상적인 글 같다는 인상까지 받았다. 재밌으면서도 읽기가 뻑뻑하고, 진지하고 계몽적이면서도 비틀리고 장난기 어린 듯했다. 집단적인 시위라는 전형적인 방식을 택하기보다 개인적인 복수나 테러를 저항의 방법으로 선택한 것은 감정과잉으로 보였다.

그럼에도 불구하고, 난쏘공은 내게 커다란 충격과 교훈을 던져주었다.

나는 문학에 미쳐 있었다. 초등학교 때부터 작가의 꿈을 꾸며 소설을 써보았고, 중고등학교 시절은 온통 독서와 영화에 미쳐 공부 따위는 전혀 관심이 없었다. 춘천에 있는 대학 축산과에 들어간 것도 아름다운 강원도에서 목장이나 하며 글을 써보겠다는, 소설 속에나 나오는 목가적 상상에 따른 것이었다.

그러나 문학은 나의 희망과는 사뭇 다른 길로 나가고 있었다. 기억도 생생하다. 1979년 여름방학이 되었을 때 읽은 책은 프랑스 작가 앙리 로브그리예의 『질투』라는 소설이었다. 전혀 줄거리도 주제도 짐작하기 어려운, 소위 해체소설이었다. 이 황당하고 난해한 소설은 문학에 대한 나의 짝사랑을 비웃고 절망감으로 몰아넣었다. 이런 게 현대문학이라면, 문학이 이런 길로 간다면, 내가 굳이 문학을 할 필요가 있을까, 그럴 능력이나 있을까, 이런 의문에 사로잡힌 것이다.

바로 그때 만난 것이 YH사건이었다. 독서조차 포기하고 무기력하게 지내던 여름방학 어느날, 신민당사에 들어가 생존권을 요구하던 YH무역 여성노동자들이 사지가 붙잡힌 채 질질 끌려나오는 모습이 아주 잠깐 텔레비전으로 보도된 것이다. 철창에 갇혀 울부짖는 여성노동자들을 보자 눈물부터 울컥 쏟아졌다. '내가 지금까지 문학을 한답시고 무슨 짓을 하고 있었나?' 하는 생각부터 들었다. 내가 사는 나라의 한쪽에서 저렇듯 끔찍한 일이 벌어지고 있는데 문학을 무슨 지고지순의 가치처럼 여기고 현실의 세계에서 등을 지고 살았다니 부끄럽기만 했다.

정치와 경제란 권력욕과 물욕에 사로잡힌 더러운 자들이나 하는 짓으로 여겨왔던 나는 그날 아침부터 돌연 정치적인 인간이 되었다. 신문을 정기구독하고, 혁명이니 민주주의란 말이 들어간 사회과학 서적이면 무조건 사서 읽기 시작했다. 이듬해 3월 개강이 되면서 유신 말기 시위를 주동했다가 퇴학당했던 선배들이 돌아와 민중문화연구회를 만들 때도 내 발로 찾아가 가담했다. 난쏘공은 연구회에서 내게 권한 첫 번째 이념서적인 셈이었다.

난쏘공은 내게 여러 가지 의미를 가질 수밖에 없었다. 그 핵심은 '아하, 이러한 문학도 가능하구나.' 하는 희망이었다. 누보로 망이니 앙띠로망이니 하는 소위 현대문학의 흐름에 질려버린 내게, 이러한 문학도 있을 수 있다는 새로운 희망을 던져준 것이다.

난쏘공은 1970년대 한국의 민중문학으로부터도 한 걸음 더 나아간 어떤 것을 보여주고 있었다. 방영웅, 박태순, 황석영 같은 선배들의 민중문학이 일반적인 서민대중, 특히 도시빈민을 소재로 삼고 있다면, 난쏘공은 명백히 임금노동자를 소재와 주제로 삼고 있으며 그 현실을 인간적인 측면을 넘어 사회적인 측면에서 정면으로 다루고 있었다.

민주주의 운동과 노동운동의 상관관계에 대해 말해주기도 했다. 가난하고 억압받는 노동자가 인격적인 권리를 찾고 경제 주체로 인정받는 것이 곧 민주주의의 완성이라는 생각을 갖게 한 것이다. 곧, 민주주의가 되어야 노동자가 잘살 수 있다는 생각이라고 할까?

이 생각은 시간이 지나면서 오히려 노동운동이 민주주의를 이끌어가는 주력이라는 소위 '혁명적인' 사상으로 변하게 되지만, 일단 내게 노동운동의 필요성을 설득하는 데는 난쏘공만으로도 충분했다.

아주 짧은 봄이었다. 4·19혁명 기념일을 기점으로 시작된 학내시위가 5월 들어 신군부에 반대하는 가두시위로 발전하고 불과 2주일 만에 광주학살로 마감하게 되었다. 본래 소심하고 겁 많은 문학청년이던 나는 시대가 요청하는 '정의의 의무감'에 강요되어 늘 맨 앞장섰던 탓에 국군보안대에 끌려가 호되게, 아주 호되게 혼이 나고 감옥살이를 몇 달 한 뒤 군대로 곧장 끌려갔다.

요시찰 대상이 되어 마음 놓고 책을 읽을 수도 없던 군대에 있는 동안, 사실상 유일하게 읽은 책은 『미국노동운동비사』라는, 다섯 권짜리 소형 문고판이었다. 취사장 창고 천장에 숨겨두고 시간이 날 때마다 몰래 읽곤 했다. 그리고 제대하자마자, 사흘도 집에서 자지 않고 곧장 구로공단에 취직해 합숙생활을 시작했다.

물론 난쏘공 하나 때문에 노동운동을 선택했다고만 할 수는 없을 것이다. 광주에서의 학살을 목도한 수많은 학생들이 일반 민주주의 운동의 한계를 절감하고 노동운동을 통한 변혁을 꿈꾸던 시절이었다. 나는 군대에 있느라 그런 혁명적 이론까지 접할 기회는 없었지만, 휴가 때 만난 후배들의 변화를 통해 막연하게나마 제대하면 노동운동을 해야 한다는 의식을 갖고 있었다.

난쏘공은 노동운동을 하느냐 마느냐의 문제에 대해서가 아니라, 어떤 글을 쓸 것인가에 대한 지표가 되었다. 구로공단과 탄광에서 노동운동을 한 지 7년여 만에 쓴 첫 장편소설 『파업』이 바로 그것이었다.

탄광에서 수배되어 서울에 올라와 있는 동안 몇 달간 쪽방에 숨어 쓴 『파업』은 기존의 일반문학은 물론 1970년대 민중문학과는 명백히 다른 기초 위에 쓰여졌다. 마치 난쏘공이 노동 문제에 대한 통계수치를 그림표 그대로 올려버린 것처럼, 나 역시 생경해도 좋으니까 노동운동의 주장과 과정을 그대로 드러내고 싶었다.

서로 차이도 있었다. 난쏘공이 전반적으로 확고한 문학의 틀 위에 일종의 장치 혹은 수단으로써 통계를 차용했다면, 나는 반대로 명백히 노동운동의 선전문을 쓰되 문학적으로 윤색해 읽기 좋게 만드는 방식을 택했다. 문학에 관한 한, 조세희 선생님과 나의 입장은 명백히 달랐던 것 같다. 물론 이 점에 대해 선생님에게 물어본 적이 없으니 나의 오해일지도 모르지만. 아무튼 나는 '이로써 작은 계급투쟁이 시작되었다.'는 식의 비문학적이고 비소설적인 선언적인 문구를 즐겨 사용하면서도 가책은커녕 오히려 당당히 문학을 비웃었으니까.

때문에 문학판에서 내 책들은 평론할 가치도 없는 실패작으로 여겨졌지만, 나는 도대체 작가니 평론가 따위들이 나의 글을 평가하겠다는 것이 가소로워 보일 뿐이었다. 그들은 그럴 자격도 없고 능력도 없고 인격적으로조차 내게 존경받을 이들이 아니라는 게 나의 일관된 확신이었다. 타인을 즐겁게 하는, 광대로 출발한 문화예술인들이 어찌 사회 전반을 평가하려 하는가 하는.

지금도 문학에 대한 나의 건방진 태도는 변화가 없다. 그런데도 문학을 하는 사람들이 이에 대해 알지도 못하고 관심도 없는 것은 내가 책은 계속 쓰되 문학은 하지 않으며, 많이 팔리는 책이 없어 이제 와서는 관심의 대상도 되지 않기 때문이다. 작가들을 거의 만나지 않으니 개인적으로조차 서로 언성을 높일 일도 없다.

사실은 조세희 선생님도 정식으로 만나 뵌 적이 없다. 탄광에 있을 때, 조 선생님이 먼저 다녀가면서 펴낸 사진집 『거대한 뿌리』를 감동 깊게 보기도 했고, 삶과 운동을 함께 해온 동료들의 유일한 거점이라고 할 만한 잡지 『삶이 보이는 창』에 대한 선생님의 지속적인 관심과 지원에 대해서도 이야기를 듣고 있었다. 그럼에도 따로 인사를 드리거나 만날 일이 없었다니 무심한 세월이다.

그럼에도 난쏘공이 내 작은 문학적, 역사적 작업의 지표가 되었다는 사실에 대해 지금도 감사의 마음을 갖고 있다. 나는 난쏘공의 백만 부 돌파 같은 대중적인 성과보다는, 한국 문학에서 그것이 지향한 가치에 대해 더 주목하고 싶다.

해마다 무수한 소설이 쏟아져 나온다. 또 무수한 소설가와 시인들이 배출된다. 이름을 아는 작가보다는 난생 처음 들어본 소설가가 훨씬 더 많은 시대가 되었다. 더구나 이중에서 먼 훗날까지 이름이 살아남는 사람은 얼마나 되겠는가. 셰익스피어 시대에도 수백 명의 작가가 있었지만 셰익스피어 한 사람만 기억하듯이, 1970년대 한국문학전집에 등장하는 여성 작가들의 대부분이 지금은 생소한 이름이듯이, 문학사에 남느냐 마느냐 따위는 작가 자신이 고려해야 할 대상이 아니다.

나는 자신이 하고 싶은 이야기를 할 수만 있어도 작가로서 성공한 인생이라고 생각한다. 그런 의미에서, 난쏘공은 유행처럼 휩쓸려 다니곤 하는 한국 문학의 흐름을 당당히 막아서서 저쪽을 보라고 손가락질을 했다는 점에서 문학사적으로, 작가 개인으로서도 지대한 가치를 가진다고 본다.

조세희 선생님의 손가락이 가리킨 곳을 바라보고 깨달음을 얻은 작가는 그리 많지 않을 것이고, 또 선생의 성과와 한계를 넘어선 작가는 더더욱 없는 게 현실이다. 나 역시 마찬가지다. 그러나 나의 문학 인생에 있어 난쏘공이 작지만 치명적인 역할을 했다는 것은 사실이고, 누구에게나 자랑스럽게 말할 수 있다.

또한 조세희 선생님을 선배로서 존경할 수 있다면, 난쏘공이라는 한 권의 책이 아니라, 그의 생을 관철해온 곧은 정신이라고 단언할 수 있다. 꼭 필요한 책이나 글 이외에는 쓰지 않는 결벽의 정신이라고.

기록적인 판매량을 자랑해온, 스스로 노벨상을 꿈꾸는 좌우의 날개라는 유명 작가들이 『삼국지』니 『초한지』의 이중 번역본을 자기 이름을 빌려 발간하면서 '먹고 살기 위해' '노년에 대비하기 위해서'라고 말하는 것을 보면 가히 경악스럽다. 이런 작가들 틈에서 차돌맹이처럼 단단히 자신을 지켜온 몇 안 되는 존경할 만한 선배 작가들 중에 조세희 선생님은 단연 빛난다.

나의 문학의 지표가 되었던 난쏘공, 그리고 작가로서의 삶의 지표가 되었던 조세희 선생님께 진심으로 감사와 존경을 드리며, 오랜 침묵을 깨고 나올 노년의 역작을 기대해본다.

〈난쏘공〉 30주년 기념문집 『침묵과 사랑』, 2008년 1월)

나의 '경성트로이카' 친구들

보통, 나이가 들어 새로운 친구를 사귀기는 어렵다고들 한다. 중고등학교 동창까지가 스스럼없는 진짜 친구일 뿐, 대학동창만 해도 경쟁심이 개입되며 직장동료나 사회친구는 삶의 공간이 바뀌면 그만이라고들 한다. 나이 차이가 많은 경우는 물론 친구의 범주에도 들지 않으며, 죽은 사람과는 더더욱 교류가 불가능하다고 생각한다.

노동운동이며 작가 생활로 헤아릴 수 없이 많은 사람들과 교류했음에도 진짜 친구라고 말할 수 있는 이는 손에 꼽을 정도로 대인관계에 인색한 내가 40대 중반이 되어 새로운 벗들을 만나게 되리라곤 생각 못했다. 전북 고창군 미소사의 도의 스님, 백담사 효림 스님, 한국학연구소 김경일 교수님, 그리고 일제하 서울에서 혁명적 항일운동조직인 '경성트로이카'에 가담해 동맹휴학과 동맹파업을 주도했던 이효정 할머니 같은 분들이다. 하나같이 나보다 연륜이 많고 살아온 경험이 다름에도 때때로 전화로 안부를 확인하고 별다른 일 없이 만나 한가한 시간을 보내도 편하고 기분 좋은 분들이다.

이효정 할머니는 그중에서도 독특한 경우다. 내 나이의 꼭 두 배인 95세(한국식 나이)로, 화장실 드나들기도 불편한 처지임에도 정신은 놀랍도록 맑다. 누운 자리에서도 책을 손에서 놓지 않아 최근까지도 이영희 교수와 임헌영 교수의 대담을 통독할 정도이다. 대화나 편지는 한 마디 한 구절이 모두 시적이고 사려 깊다. 이효정 할머니를 통해서 나는 과거 일제 강점기 사회주의 계열 항일운동가들의 천재성과 따뜻한 인격을 읽는다.

어쩌면 나는 할머니를 통해 이미 죽은 이들과 교통하고 있는지도 모르겠다. 경성트로이카를 주도했던 이재유, 박진홍, 이관술, 이순금 같은 인물들이 그녀의 모습에 투영되어 되살아나는 것이다. 취재 과정에서, 책을 쓰면서, 나는 그들의 영혼과 일체가 되어버린 걸까? 어디 가서 그들의 이야기를 하다보면 불행하게 죽어간 옛친구 이야기를 하는 기분이 되어 나도 모르게 눈물이 맺히곤 한다. 95세 노파와의 우정뿐 아니라, 이미 죽은 영혼들과도 친구가 될 수 있다는 사실이 이제는 조금도 놀랍지 않다.

이효정 할머니, 나아가 경성트로이카 사람들과 친구 되기는 우연으로 시작되었다. 일제하 노동운동사를 공부하면서 1930년대 서울을 누비던 그들의 존재를 알고는 있었으나 먼 옛날이야기처럼만 생각하던 내게 이재유 전기를 써보지 않겠느냐는 제안이 들어오고, 그 방면의 전문가인 김경일 교수님으로부터 생존자가 있다는 정보를 얻었을 때만 해도 꼭 글을 써야겠다는 생각을 갖고 있지는 않았다.

예나 지금이나 다수 국민들로부터 거부당하고 있는 사회주의 운동가들의 삶을 재조명한다는 게 보다 많은 대중으로부터 사랑받고 싶은 작가로서 썩 내키는 일은 아니다. 사회주의 이론서를 읽었다는 이유로 한때나마 감옥살이를 했던 나의 국가보안법 전과기록은 더욱 부담이 되었다. 바로 전에 쓴 장편소설 『황금이삭』에 베트콩을 우호적으로 표현하는 문구가 들어 있다는 이유만으로 집안 어른들로부터 빨갱이를 찬양, 고무했다는 비난을 받고 우울하기도 했었다.

이들의 이야기를 꼭 써야겠다고 결심하게 만든 것은 순전히 이효정 할머니와의 만남이었다. 취재라기보다 여행 삼아 내려간 경남 마산에서 몇 사람과 함께 찾아간 이효정 할머니와의 한나절은 일제하 사회주의 운동가들에 대한 나의 선입견이야말로 편견과 오해에 기초한 것임을 깨닫게 했다. 그때도 이미 90이 넘어 거동조차 불편했음에도, 할머니가 보여준 예리한 정신세계와 풍부한 감성은 동행했던 이들에게도 깊은 감동을 주었다. 사회주의자라면 일단 교조적이고 냉정한, 날카롭고 전투적인 인물로 상상하는 나의 관념이야말로 오랜 반공교육이 심어준 편견임을 확인했다.

내 스스로 경험하였듯, 1980년대 진보운동을 주도했던 이들의 대다수가 이타적이고 따뜻한 인품을 가진 이들이었다는 사실이 새삼 떠오르기도 했다. 이념이 곧 권력인 북한에서는 몰라도, 자신의 모든 것을 내버리고 저항운동에 뛰어든 탄압받는 시기의 진보주의자들에 대한 평가는 보수주의자들에 의해 악의적으로 과장되고 왜곡된 부분이 많다는 사실이 새삼스러웠다.

반공이 국시이던 파쇼정권 치하에서 보통 사람들은 상상도 하기 어려운 박해를 받으며 반세기를 살아온 할머니 자신은 과연 자신의 이야기를 써도 될까 오히려 걱정했다. 자신들의 이야기를 하는 것도, 이로 인해 또다시 감옥에 가는 것도 두렵지 않으나 누군가 자신들의 이야기에 관심을 갖는다는 것, 또 그것이 책으로 만들어질 수도 있다는 사실이 믿어지지 않는 것이었다. 실로 경찰이 아닌 사람이 찾아와 자신의 과거사에 대해 궁금해 하고 이야기를 나누고자 하는 것만도 일생에 겪지 못한 충격이었으리라.

나 역시 70년 세월을 넘어 날아온 신선한 충격 속에 할머니 집을 나서면서 이재유뿐 아니라 경성트로이카 사람들 모두를 복원해야겠다는 결심을 세웠다. 보수 세력의 편협한 시각으로 왜곡되거나 대중에 영합하고자 하는 작가들의 무관심 속에 역사의 그늘 속에 짓눌려 아무도 접근하지 못하게 숨겨져온 이야기들을 되살려야겠다는, 그들의 아름다운 청춘을 되살려보겠다는 내 마음의 약속이었다.

『경성트로이카』를 쓰기 위해 일제 중반기 이후 국내의 항일운동을 공부하면서 여러 측면에서 놀랐다.

첫째는 1920년대 후반 이후 해방까지 민족주의 진영의 항일운동이 한심할 정도로 지리멸렬했다는 점이요, 둘째는 일제하 사회주의 운동이 예상보다 훨씬 깊고 넓은 반경을 가졌다는 점이다. 그러나 가장 놀라운 것은 이 시기 사회주의 운동사에 대한 은폐와 외면이 경악할 수준이라는 점이었다.

서대문형무소 자리에 세워진 역사박물관에 가보면 1920년대 이후 국내의 항일운동은 전무한 것처럼 보인다. 이조 말기 의병운동부터 대형 그림으로 설명되어 있으나 일제 중반기 이후 도표는 거의 없다. 해방되는 그날까지 총 한 방 쏘지 않은 채 이합집산과 권력투쟁에 몰두했던 상해 임시정부가 마치 항일운동의 유일한 상징처럼 전시공간을 차지하고 있을 뿐이다. 1930년대 검거된 치안유지법 위반자가 해마다 수천 명임에도 그 대다수가 사회주의자라는 이유로 철저히 제외된 것이다.

또, 어떤 대형 도서관에 가도 일제하 사회주의자들의 항일운동에 대한 연구나 자료는 책장의 한두 칸을 넘기 어려웠다. 아니, 일제 강점기 자료 전체를 합쳐도 책장 하나를 통째로 채우지 못했다. 중세 왕조사나 한국전쟁에 관한 연구 자료가 책장 하나로 부족한 것과도 비교가 되었다.

고의적인 은폐는 남한뿐 아니라 북한 정권도 마찬가지였다. 그나마 남한에서는 진보적인 학자들에 의해 적지 않은 연구가 진행되어 왔으나 북한에서는 최고 대학의 교수들조차 국내 항일운동의 역사에 무지할 만큼 어두웠다. 경성트로이카 구성원 중 월북하여 고위직을 지냈던 박진홍과 이순금의 뒷소식을 알기 위해 여러 경로로 북한의 기록을 확인했으나 어떤 정보도 얻지 못했다. 역사학 교류를 위해 방한한 김일성대학 교수들에게 간접적으로 질문까지 해보았으나 전혀 처음 듣는다는 반응이었다. 답변을 거부했다기보다 애초에 배운 적도, 연구한 일이 없는 것이었다.

이런 실정에서 일제하 사회주의자들에 대한 국가 차원의 예우는 바라기 힘들었다. 예우는커녕 빨갱이였다는 이유로 이효정 할머니를 포함한 많은 사람들이 1990년대 초반 문민정부가 출범할 때까지도 감시와 통제 속에 살아야 했다.

이는 일제하 사회주의 운동에 대한 무지와 오해로부터 비롯된 것이기도 하다. 경성트로이카를 비롯해 일제하 사회주의 조직의 제일 중요한 목표는 조선의 완전한 독립과 일본군 철수, 조선어 교육 등이었다. 인간평등에 대한 강령으로는 8시간 노동, 13세 이하 노동금지, 국민연금과 의료보험 실시 등 오늘날 대부분 실현되고 있는 내용들이다. 사회주의 내지 공산주의 사회란 언젠가 이룰 이상적인 국가 형태를 의미할 뿐, 실천 강령은 매우 현실적인 문제들로 이뤄졌고, 모든 것은 항일운동에 접속되어 있었다.

그런 의미에서, 노무현 정부가 사회주의 항일운동가들에 대해서도 독립유공자로 인정하기로 한 것은 커다란 역사적 의미를 가진다. 하지만 이효정 할머니를 포함한 다수는 여전히 올바른 역사적 평가를 받지 못해 왔다. 할머니의 가족들은 그녀가 일제 치하에서 수십 차례나 연행되고 감옥살이를 했던 경륜을 들어 독립유공자 포상을 요청했으나 보류 상태로 계류 중이었다. 책을 완성하고도 이러저런 이유로 수차례 할머니를 방문하고, 시시때때로 안부 통화를 할 때마다 안타까웠던 것도 그 점이었다.

마침내 이효정 할머니로부터 이번 광복절에 이재유와 함께 독립유공자로 포상을 받게 되리라는 연락을 받았을 때, 내가 직접 포상을 받는 듯 기뻤던 것은 작가로서가 아니라 친구로서였다. 지금의 나와 비슷한 나이에 죽어간 이재유, 박진홍, 이관술 같은 친구들에 대한 일방적인 짝사랑이 결실을 맺은 것만 같은, 행복한 순간이었다.

이효정 할머니는 늘 자신이 한 일이 아무것도 없다고 말해 왔다. 유공자 지명을 받던 날도 친구들에게 미안하다는 말부터 했다. 자기보다 훨씬 더 열심히 싸운 동덕여고 동기동창 박진홍과 이순금 같은 친구들이 죽었는지 살았는지도 모르는데 그들을 빼놓고 자신이 이런 대우를 받게 되어 미안하고 부끄러울 뿐이라고 말했다. 전화라서 볼 수는 없었으나 할머니의 눈에 맺힌 눈물을 느낄 수 있었다.

연구서가 아니라 소설 형태로 집필된 『경성트로이카』에서는 이효정 할머니 부분이 다소 과장되어 있기는 하다. 이재유와 직접 만나는 부분은 또 다른 생존자인 이병희 할머니의 증언을 인용하기도 했다. 반면, 이효정 할머니가 수십 번이나 왜경에 연행되어 고생한 이야기들은 글의 맥락 때문에 제외되었다. 책에 나온 것과 똑같지는 않을지라도, 할머니가 그보다 더 열심히 활동했다는 것은 부인할 수 없는 사실이다. 결혼 이후 활동을 중지했지만 여전히 항일운동을 계속한 남편을 보조했다.

그럼에도 늘 자신은 한 일이 없다며 겸손해 하는 것은 당시 국내의 항일운동이 얼마나 힘들고 가혹했는가를 반증하는 표현이기도 하다. 결혼도 하지 않은 채, 해방되는 그날까지 전향서 한 장 안 쓰고 고문과 감옥살이를 감수한 친구들에 대한 미안함과 존경의 표현이었다. 만주에서 총을 들고 싸우는 게 차라리 나았을지도 모른다. 자신을 방어할 어떤 무기도 지니지 못한 채 맨손으로 싸워야만 했던, 오로지 동맹휴학과 파업, 그리고 자신의 희생 그 자체가 무기요 선동수단이었던 그들의 고난을 오늘의 우리가 어떻게 이해한다고 말할 수 있으랴. 더구나 해방 후에는 빨갱이로 지목되어 또다시 박해 속에 수십 년을 주눅들어야 했던 마음의 상처를 우리가 어떻게 이해한다고, 위로한다고 말할 수 있으랴.

다행히 한 많은 생을 마치기 전에 포상을 받게 된 것은 국가보훈처가 지난해부터 심사 지침을 바꾸어 일제하 사회주의 운동가라도 해방 후 좌익활동을 하지 않은 경우는 포상키로 결정했기 때문이라고 한다. 이효정 할머니와 가족들은 과거 어떤 정부도 생각하지 못했던 일을 해낸 노무현 정부의 용기에 대해 감사의 말을 잊지 않는다.

언젠가는 해방 직후 좌익활동을 한 인물들에 대해서도 일제하 활동을 인정해 주는 시대가 올지도 모르겠다. 여전히 조심스러운 진단이기는 하지만, 친일파와 친미 보수주의자들이 득세하는 과정에서 빚어진 모순에 저항하는 수단으로써 사회주의의 옳은 측면이 있었다고 보여지기 때문이다.

해방 직후 사회주의자들의 활동은 앞으로 내가 관심을 갖고 집필하려는 분야이기도 하다. 이 역시 관심을 보이는 작가가 눈에 띄지 않기 때문이다. 모두들 무관심하거나 혹은 조심스러워 한다. 세계의 거의 모든 나라에서 공산당 내지 사회당이 합법화된 오늘날 여전히 이런 이야기에 조심스러워야 하는 현실이 서글프기도 하다.

하지만, 한국전쟁이라는 치유하기 어려운 살상극을 겪은 우리 윗세대가 살아 있는 한편으로 여전히 최악의 위험을 간직한 북한이 존재하는 한반도의 현실을 인정할 수밖에 없으리라. 일제로부터 조국과 민족을 되찾기 위해 목숨을 바친 사회주의자들을 인정하는 일이 공산주의로부터 자유를 지키려 목숨을 바친 이들을 평가 절하하는 일은 결코 아니라는 진심을 알아주기를 바랄 뿐이다.

(『프레시안』, 2006년 8월)

소설을 싫어하게 된 소설가의 변명

1.

나는 가끔, 공개하기 부끄럽도록 단순하고 유치한 주장을 하곤 한다. 정치 문제, 여성 문제, 문학의 문제까지 도무지 지성적이지 못한 해석과 냉소적인 처방으로 친구들의 핀잔을 듣는다. 친구들은 나의 이 단순무식이 십여 년 세월을 포클레인 기사로 막노동판을 누비고 다닌 탓이라 변호해주지만, 사실은 그것이 나의 본질적인 한계이자 때로는 장점이 되기도 한다는 것을 나 자신은 잘 알고 있다.

거짓말이란 게 훤히 들여다보이는 소설을 쓰느니 사실에 근거한 역사 다큐멘터리를 쓰겠다는 선언은 그중에서는 상당히 합리적인 결정에 속한다.

소설가라는 사람이 소설을 우습게 보게 된 사연에 별다른 논리나 철학이 있던 건 아니다. 알량한 소설 두어 편 펴낸 이후로는 욕심에 맞는 수준의 글이 써지지도 않고 억지로 쓴 책들마저 평단과 독자들의 냉대를 받을 때부터 소설이 싫어지기 시작했다.

여기에 1990년대 들어 한국 문단을 주도한 새로운 경향의 소설들이 불만을 누적시켰다. 이들 소설들 속에서 1980년대까지 때로는 교조주의 도식처럼 소설의 주제가 되었던 인간의 문제, 정의의 문제, 이타적인 희생의 가치 따위는 비웃음거리로 치부되었다.

불륜을 토대로 한 온갖 뒤틀리고 비틀어진 연애담, 독자로부터 동정도 감동도 불러일으키지 않는, 소위 쿨한 사랑과 결혼, 이혼 이야기들, 정 쓸 게 없으면 소설가 이야기를 쓰다 못해 엽기적인 소재들을 들춰내는 소설들이 도무지 내 취향에 맞지 않았다.

고등학교 시절에 몰래 읽었던 포르노보다도 더 노골적이고 적나라한 성행위 묘사가 필수처럼 되어, 한때 민중주의적인 문학을 했다는 후배들의 작품들 속에서도 없어도 되는 양념이 되어 참맛을 버리는 것도 우스웠다.

새로운 작가들의 섬세한 심리묘사와 감칠맛 나는 문장들은 글 못 쓰는 소설가의 질투를 불러일으킬 만도 했다. 그러나 끝까지 읽어본 책이 거의 없을 정도로 역겨운 작품이 더 많았다. 아무리 훌륭한 문장과 감성을 갖추었더라도 사적인 감정을 다루었을 뿐인 '사소설'에 재미를 느낄 수 없었다. 꼭 남의 일기를 훔쳐보는, 그것도 세련된 가식으로 포장된 가짜 일기를 훔쳐보는 기분이 들 뿐이었다.

벗어나기 힘든 1980년대 경험의 한계에 갇혀 고지식한 주의 주장과 직설적인 문장의 한계에서 벗어날 능력도 없고 그러고 싶지도 않은 나는 도저히 그들의 풍부한 감수성과 현대적 감각을 따라갈 수 없다고 판단했다. 나아가 그런 글들에 매달리는 출판문화와 독자들의 독서 취향이 싫어졌다. 소설이 싫어졌고 소설가들이 싫어졌으며 독자들마저 경멸하게 되었다. 물론 아무것도 쓰지 않게 되었다.

포클레인 기사로, 복숭아 과수원과 소규모 한우 농장을 하면서 십 년 가까이 문학을 멀리하던 끝에 내가 선택한 방식은 소설의 수법을 차용해 보다 읽기 좋게 만든 다큐멘터리였다. 2년 전 발간한 『경성트로이카』와 이번에 출판되는 『이관술 1902－1950』이 그것이다.

소설도, 논문도 아닌 애매한 형식이 되다보니 어느 쪽에서도 인정받기 어려운 처지가 되어 버렸지만 적어도 역사와 사회에 관심이 있는 이들을 숨겨졌던 진실에 쉽게 접근할 수 있게 해준다는 데 의미를 두었다.

물론, 나의 단순명쾌한 해법이 다른 작가들에게는 전혀 생경하게 받아들여질 수도 있음을 알고 있다. 며칠 전, 절친한 친구가 퍽이나 조심스럽고 진지하게 말하는 것이었다.

"이런 말한다고 서운해 하지 마라. 이런 말하기 미안하지만, 내가 보니까 너는 소설보다 다큐에 더 어울리는 것 같아. 너의 문장이나 관심이 그래. 이런 말 한다고 충격 받는 거 아니지?"

관념주의적인 작가도 아니고 노동문학으로 시작해서 지금도 전업 작가로서 노동자와 농민, 도시빈민 이야기만 쓰고 있는 녀석의 말이야말로 나를 무척 놀라게 했다. 소설보다 다큐에 어울린다는 평가가 왜 서운하고 미안하고 충격이란 말인가?

인터넷 서점의 집계에 따르면 『경성트로이카』의 주된 독자는 신문방송기자요 다음이 역사학자, 노동운동가들이었다. 내가 쓴 책이 사실을 중시하는 이들에게 가장 인기가 있다는 데 상당한 자부심을 가지고 있었다. 그런데 소설이 아니라서 가치가 떨어진다는 식의 평가를 듣다니 어리둥절할 지경이었다.

여기서 나의 그 무지막지한 말버릇이 또다시 발동하는 것을 어쩌랴? 소설가들이여 네 주제를 알라! 어설픈 거짓말로 너 자신을 포장하려 하지 말고 타인의 이야기와 역사적 사실을 각색해보라, 안 되면 차라리 있는 그대로 사실만을 써라. 그러면 모든 것을 얻게 될지도 모른다.

2.

누구로부터 배웠는지는 알 수 없으나 언제부터인가 내 의식 속에는 소설가의 기원이 광대라는 인식이 박혀 있었다. 지배자들의 유흥 장소에서, 아니면 시장바닥에서 행인들을 상대로 재미있는 이야기를 들려주고 잔돈을 챙기는 어릿광대들로부터 소설을 포함한 문학이 시작되었다고 생각해왔다.

소설, 혹은 소설가가 대중들로부터 존경의 대상이 되고 지도적인 위치를 갖게 된 것은 불과 1, 2백 년 전 계몽주의 시대 들어서라고 말이다. 빅토르 위고, 톨스토이, 헤밍웨이 같은 대가들이 당대의 사회상을 그리고 인류가 나갈 길을 제시함으로써 존경을 받게 되었다고 말이다.

내가 소설을 좋아하게 된 것 역시 계몽주의 시대의 작품들 때문이었다. 세계문학전집을 통해 만난 작가들은 재담이나 들려주는 광대가 아니라 선생이요 학자요 지도자였다.

하지만 제2차 세계대전 이후 서양의 소설가들은 계몽가의 직함을 버리고 새로운 지위를 추구하게 된다. 한국의 경우는 1990년대 들어 변화가 시작되었다. 광대도 선생도 아닌 이 새로운 위치를 딱히 표현할 수 있는 말은 생각나지 않지만 본인들이 인식하든 말든 또 다른 특권층이라는 점은 확실하다.

문제는 오늘의 소설가들이 중세 이전의 광대들은 물론 계몽주의 시대 소설 선생님들보다도 더 인기가 없고, 존경도 받지 못한다는 점이다. 한국의 계몽주의 시절인 1970, 1980년대는 소설가가 존경도 받고 책도 제법 잘 팔렸다. 웬만하면 수십만 권씩 팔렸으니까.

1990년대 이후로는 그런 재미가 없어졌다. 유명하다는 작가들조차 1만 부 팔기가 어렵다는 말이 나오니 말이다. 개봉 보름 만에 1천만 관객을 자랑하는 진짜 '괴물' 같은 영화들이 등장하는 시대에 불과 수천 독자를 얻기가 힘드니 안쓰러운 정도가 아니다.

포클레인 기사의 무지막지한 시각으로 보건대 이는 명백히 자업자득이다. 누가 돈을 주고 남의 사생활 일기를 사보려 하겠는가? 안네 프랑크의 절박한 일기도 아니고 한량한 소설가의 고충이니 연애담이나 늘어놓은 느끼한 문장의 일기를 돈 주고 사겠는가?

기름을 처바른 듯 감각적이고도 난해한 문장, 줄거리조차 불명확한 지루한 이야기들, 주인공의 이름도 외우기 힘든 외국 배경의 소설들을 읽어가기가 얼마나 힘든지, 작가 본인은 알고나 있는지 모르겠다. 문학적으로는 새로운 시도라 칭송받겠지만 나 같은 단순무식한 독자들을 설득하기는 쉽지 않다.

남을 즐겁게 하고 눈물과 웃음을 던져주는 전통적인 의미의 광대에서 타인을 가르치고 계몽하는 사상가의 반열까지 올랐던 소설가들의 변신은 그다지 성공적이지 못했던 것이다. 문학의 죽음은 이제 공공연한 화두가 되어 버렸다. 어떻게든 대중의 사랑을 받아보려고 이리 기웃, 저리 기웃해보지만 존재마저 위태로운 처지가 되어 버렸다. 존경도 인기도 잃어버린 가난하고 외로운 존재들이 되어버린 것이다.

3.

거름더미 속의 지렁이 떼를 들여다보듯 살아남으려 버둥대는 소설가들의 몸부림을 내려다보고 있노라니 남의 일 같지만은 않다. 일시적으로 다큐 작가로 변신하기는 했으나 언젠가는 다시 소설의 세계를 기웃거릴 처지를 생각해 냉소를 거두고 진지하게 몇 마디는 해야 하지 않을까 싶다.

어차피 깡무식을 자처한 마당에 잘 팔리는 영화들과 고전문학의 공통점을 나열해보고 싶다. 고귀하고 수준 높은 문학을 하고 싶은 이들에게는 다분히 폭력적인 진단으로 보이겠지만 나의 태생이 그런 걸 어찌 하겠는가?

내가 보건대 수백만의 관객이 몰리는 영화들과 수많은 경쟁을 뚫고 살아남은 고전문학의 첫 번째 공통점은 연애 혹은 사랑이 차지하는 비중이 상대적으로 매우 낮다는 점이다. 혹은 〈괴물〉이나 〈한반도〉처럼 아예 없는 경우도 있다.

반면, 순수한 연애영화는 수십만 관객을 끌어들이기도 어렵다. 관객들이 진지하지 않아서만은 아니다. 우리를 몰입시키게 만든 대부분의 세계 명작이나 한국의 1970, 1980년대 소설들에서 연애 이야기는 극히 부수적인 장치에 불과하다는 것을 상기할 필요가 있다.

이들 소설이나 영화의 주된 이야기는 사회와 역사의 모순을 극복하기 위한 투쟁과 희생, 이타적인 사랑과 정의 같은 것들이다.

두 번째 공통점은 매우 사실주의적이라는 점이다. 역사물은 물론 공상영화조차도, 눈만 뜨고 있으면 줄거리를 이해할 수 있고 의문을 품을 여지도 없이 가공의 현실에 흡입되고 만다.

뒤틀리고 엽기적인 심리영화 내지 실험적인 영화들, 혹은 기본적인 사실주의 기술에 미치지 못하는 단편영화의 관객이 매우 제한적이라는 것과 비교가 된다. 인간의 말초적인 본능이나 분노 같은 것들을 엽기적인 줄거리를 통해 보여주고자 하는 김 모 감독은 한국 영화 관객들의 저질성을 비난하며 다시는 한국에서 영화를 개봉하지 않겠다고 선언까지 했다는데, 본인이야말로 가장 저질적인 상업영화 제작자일 수 있다는 사실은 깨닫지 못하는 것 같다.

수많은 독자를 열광케 하던 제2차 세계대전 이전의 서양 문학과 1980년대 이전의 한국 문학이 극히 사실주의적인 줄거리와 표현 방식을 사용하고 있었다는 점을 간과해서는 안 될 것이다. 포스트모더니즘이니 실험 정신 따위는 학교에서나 배우고 나와서는 싹 잊어버렸으면 좋겠다.

셋째, 눈물이 있으되 타인을 위해 희생하는 이들에게 바쳐지는 감동이라는 점이다. 누구나 사랑하는 연인이 헤어지는 장면에 눈물을 흘릴 수 있지만, 자신이 아닌 타인을 위해 희생하는 등장인물에게 바치는 감동의 깊이와 같을 수는 없다.

그 타인이라는 것이 국가일 수도 있고 정의일 수도 있고 가족일 수도 있지만, 이타적인 희생은 가슴속 깊은 곳으로부터 감동을 불러일으키는 가장 훌륭한 재료다. 이 역시 세계 명작들의 공통점의 하나임은 물론이다. '쿨'이니 '세련'이니 하는 용어들은 본인이 연애할 때나 활용하기를 바란다.

그밖에도 이들 영화와 명작들의 공통점은 많은데 굳이 나열하지 않아도 될 만큼 상식적이다. 잘된 영화는 감독의 시점이 아니라 관객의 시점에서 허점이 보이지 않도록 철저히 완성도를 높인다. 좋은 소설도 작가의 주관적인 시각을 배재하고 독자의 시각에 맞추어 쓰기 때문에 한번 책을 들면 좀처럼 놓을 수 없을 만큼 흡인력이 높다.

여기서 문학성의 기본이 되는 문장력, 사건 전개의 합리성, 일관성 같은 것들은 논의의 대상이 되기도 어려울 정도의 필수사항이다. 만약 작가라는 사람이 이런 것들이 안 된다 토로한다면 앞으로 한동안 글을 쓰지 못할 게 틀림없다.

소설을 영화처럼만 쓸 수는 없고, 영화가 지고의 가치인 것은 물론 아니다. 소설이든 영화든 많은 사람이 본다고 최고의 작품인 건 더더욱 아니다. 그러나 요즘 영화들이 과거 계몽시대 문학, 말 그대로 문학의 전성시대와 매우 유사한 공통점을 많이 가지고 있다는 점에서 한번쯤 참고할 만하지 않을까? 저 많은 대중이 좋아하는 방식을 유치하다는 한마디로 평가절하하려는 특권의식부터 버리고 말이다.

4.

　문학이 죽어간다는 아우성으로 숨이 넘어가는 판에 계몽주의니 사실주의 문학을 회고해보라고 떠들다니 시대착오적이란 비웃음이 날아오는 소리가 들리는 듯하다. 요즘 신세대들의 감정을 연구하고 이해해보라느니, 감각적인 문장 기법을 공부하라느니, 새로운 시대에 맞는 주제 의식을 설정하라는 소리들도 뒤따라온다.

　당신들이 틀렸다. 미안하게도 나는 복고주의자가 아니다. 나름대로 냉철한 현실주의자일 뿐이다. 나야말로 말하고 싶다. 문학으로 자신을 표현하지 말고, 소설을 실험 대상으로 삼지 말고, 이 시대에 어떤 이야기가 필요한가를 좀 더 냉정히 생각해보라고. 당신들이야말로 시대착오적인 소설 좀 그만 쓰라고. 저 단순하고 계몽적이고 사실주의적인 영화에 왜 1천만 명이 몰려가는지 연구 좀 해보라고.

　따지고 보면 오늘의 문학 위기는 작가란 사람들이 광대도 아니고 선생도 아닌, 새로운 특권층이 되려다가 빚어낸 현상 아니냐고. 그렇게 귀족이 되고 싶거든 논술선생으로 진출해 돈이나 왕창 벌어 강남에 집을 사라고 말이다.

　여전히 희망은 있다는 식의 상투적인 결론으로 맺고 싶지는 않지만, 요즘 우송되어 오는 몇몇 작가들의 신간을 보며 회심의 미소를 짓곤 한다. 그래, 이거야. 이런 작가들이 나와야 해. 장래성이 있어. 좀 더 재미있게 쓰기만 한다면 한국 소설의 미래를 담보할 거야. 혼자서 격려하고 기뻐한다.

　나와 같은 생각을 하는 또 다른 작가들이 아직도 존재한다는 게 너무 좋다. 그들에게 힘을 합치자고 말하고 싶다. 서로 격려도 하고 현실에 격분도 하고 자료도 공유하며 살자고 제안하고 싶다. 그들의 이름은 비밀이다.

('노동문학 작가대회' 발제문, 2006년)

진짜 노동자 안병춘

1.

　일제하 노동운동가들의 이야기를 그린 졸고 『경성트로이카』가 출간된 후 책에 등장하는 인물들의 후손으로부터 여러 통의 전화를 받았다. 그중 영등포 일대 공장에서 노동자로 일하며 이재유, 이관술과 함께 활동했던 안병춘의 맏아들 안덕균(64세) 씨의 전화가 기억에 남는다.

　안덕균 씨가 전화를 해온 이유는 아버지의 영정 사진을 구하기 위함이었다. 한국전쟁 직후 행방불명된 아버지는 생전에 한 장의 사진도 남기지 않았기 때문에 제사를 지내고 싶어도 일제하 감옥에서 찍은 수감자 사진 밖에 없어 혹시 제대로 나온 사진을 구할 수 없느냐는 것이었다. 감옥에서 찍힌 사진 외에 개인적인 사진이 없기는 당대 운동가들 대부분이 마찬가지다. 경찰의 추적을 피하기 위해 사진을 안 찍는 것은 물론, 있던 사진도 다 불태웠으니 말이다.

나 역시 사진을 구할 수 없다고 대답하니 안덕균 씨는 안타까움을 감추지 못하면서, 그래도 자신의 아버지 같은 사람들의 이야기를 복원해주어 고맙다면서 울먹거렸다. 환갑 넘은 노인의 울음소리를 듣는 내 가슴도 답답하였다.

2.

안병춘은 1910년 경기도 용인시 양지면 식금리에서 6형제의 막내로 태어났다. 공교롭게도 내 고향 양지면 제일리와 불과 2, 3킬로 밖에 떨어지지 않은 곳이다. 족보를 뒤지면 가까운 집안일지도 모를 일이다. 하지만 그는 열 살 무렵 아버지를 잃고 일찍 고향을 떠났기 때문에 우리 집안과 교류를 하지는 않았을 것이다.

안병춘의 외가는 서울 영등포에 살고 있었다. 홀어머니를 따라 서울에 올라온 안병춘은 늦은 나이에 영등포공립보통학교에 입학, 19세가 되던 1928년 3월에 졸업한 후 양조장에서 노동자 생활을 시작한다. 나중에 잠깐 조선중앙기독교청년회학관에서 고등과 공부를 하지만 생계를 위해 보성고교에 급사로 들어간다.

당시 불어대던 사회주의 열풍은 학교 급사도 예외로 하지 않았다. 급사인 그도 학생들과 함께 독서회에 가담해 1931년 8월 동대문경찰서에 연행되어 취조를 받는다.

본격적으로 노동운동을 시작한 계기는 이재유와의 만남이었다. 사회주의자들 사이에 이름이 널리 알려져 있던 이재유가 서대문형무소에서 석방된 것은 1932년 12월로, 마침 시내에서 하숙을 치고 있던 안병춘의 어머니에게 하숙을 든다.

이재유의 조서에는 하숙집 찬모의 아들인 안병춘이 가끔 어머니를 찾아와 알게 되었으며 이야기를 나눈 끝에 공장에 들어가 노동운동을 하는 게 어떻겠는가 충고했다고 하여 마치 안병춘이 이때 처음으로 사회주의를 알게 된 듯 기술되어 있다.

그러나 안병춘이 이미 적색독서회에 가담해 경찰서에 수시로 드나들던 처지로, 이재유가 그의 어머니 밑에 하숙인으로 들어간 것 자체가 사전에 서로 이야기가 된 결과였으리라 짐작된다.

3.

이재유의 충고에 따라 1933년 3월 영등포에 있던 용산공작주식회사 영등포 공장에 취업한 안병춘은 같은 해 9월에 일어난 파업을 주도하는 등 본격적으로 노동운동에 나선다. 경성트로이카 산하 하부 트로이카에 소속되어 경성방직, 천북전기공장 등에 산업

별 노조를 결성하기 위해 활동한다.

안병춘은 6개 공장의 연쇄파업으로 경성트로이카에 대한 대대적인 검거가 이뤄져 이재유가 일급 수배자가 되자 1934년 1월, 이재유를 자신의 방에 숨겨둔 채 김삼룡을 만나러 갔다가 체포된다. 전차역에 나가 그가 돌아오기를 기다리고 있던 이재유 역시 안병춘의 방을 수색하러 출동한 경찰의 눈에 띄는 바람에 체포되고 만다.

김삼룡과 함께 체포된 안병춘은 살인적인 고문을 당한 끝에 1935년 7월 경성지방법원에서 징역 2년을 선고받는다. 형기는 2년이지만 수사기간을 포함하지 않기 때문에 실제로는 3년의 수형 생활 끝에 1937년 초에 석방된다.

일제하 운동가들이 대부분 그랬듯이, 감옥에서 나온 안병춘의 몸은 폐인이 되다시피 엉망진창이었다고 한다. 안덕균 씨의 증언에 따르면 얼마나 몸이 나빠졌는지 밥을 먹지 못해 흰 죽을 입에 넣고 수십 번씩 갈아 삼켜야 했다고 한다.

하지만 안병춘은 몸이 회복되자마자 다시 운동에 뛰어든다. 이재유와 함께 활동하다가 체포를 면하고 탈출해 대구 등지에서 활동하던 이관술이 이 무렵 경성에 돌아와 조직 재건을 시도하는데, 그가 방을 얻은 곳이 다름 아닌 영등포로, 아마도 안병춘의 도움을 받았으리라 짐작된다. 그때 안병춘은 심한 무좀을 앓고 있었는데 이관술이 박진홍에게 돈을 주어 그에게 새 운동화와 양말을 사

다주었다는 기록이 있다.

이관술이 오기 전에 다른 조직에 소속되어 현장 노동자 독서모임을 이끌던 안병춘은 새로운 조직에 합류한다. 그러나 박진홍, 이순금이 잇달아 체포되고 가까스로 탈출한 이관술이 대전으로 도피하면서 조직 재건은 무산된다. 이때 안병춘이 감옥살이를 했다는 기록은 없으나 대전, 대구 등지에서 활동하던 이관술이 1939년 여름에 다시 서울에 올라와 경성콤그룹을 재건할 당시 김삼룡과 함께 영등포 조직부터 시작했던 점으로 보아 이 지역의 핵심이던 안병춘이 관련되었으리라 짐작될 뿐이다.

4.

안병춘은 1942년 경, 사회주의 운동과 관련이 없는 평범한 여성 한상운과 결혼한다. 이관술, 박헌영, 김삼룡 등이 모두 구속되거나 수배되어 일제하 최후의 사회주의 저항단체이던 경성콤그룹마저 붕괴되고 전시 체제의 암흑 같은 억압만이 지배하던 시기였다. 대부분의 사회주의자들이 식량배급을 받기 위해 전향서를 제출하던 시기이기도 했다.

결혼한 안병춘 역시 생계를 위해 전향서를 제출한 듯, 일제의 알선으로 제약회사에 노동자로 다녔다고 한다. 생활인으로서 안병춘은 무척 건실하고 평범한 사람이었다. 커다란 왕방울 눈에 선량한 인상 그대로였다. 아들 안덕균 씨는 말한다.

"제가 어려서 기억하지 못하지만 어머니 말씀을 들어보면 가정에 상당히 충실한 분이었습니다. 엄하거나 이런 것 없고, 늘 가죽가방을 들고 다니고, 부부싸움 같은 것도 없고, 겉으로 보아서는 사상범이라고 도저히 알 수 없을 만큼 착실하셨다 그래요."

그래도 일제는 감시를 늦추지 않아서 해방이 되기까지 요시찰 인물로서 고등계 형사들의 감시망 안에 놓여 있었다. 그 가운데서도 경성트로이카 동지인 안삼원이 찾아와 밀담을 나누고 가곤 했다고 한다.

안삼원은 같은 성씨지만 경남 김해 출신으로, 영등포에서 노동운동을 하다가 3년여의 감옥살이를 하고 나온 사람이었다. 안삼원과의 관계는 해방 후에도 지속되어 집안 식구들도 그를 잘 알았다고 한다. 아마도 조직의 연락을 담당하는 레포였던 것으로 짐작된다.

이관술이 자신의 수기 제목을 '조국엔 언제나 감옥이 있었다'로 붙였듯이, 안병춘 역시 해방된 조국에서 또다시 감옥살이를 하게 된다. 해방 이듬해인 1946년 이관술이 정판사위폐사건으로 구속되자 5천여 명의 항의 군중이 법원을 에워싸고 시위를 벌이다가 50명이 구속되는데 안병춘도 이 명단에 낀 것이다.

조선공산당의 주도로 위조지폐를 찍었다고 발표된 정판사사건은 해방 직후 공산당에 집중된 대중의 인기를 뒤집어엎은 결정적인 사건으로, 미국에 의해 조작된 사건이라 주장할 만한 여러 정황을 가지고 있었다. 사건에 대한 좌익의 반발은 거셌고, 안병춘도 이에 앞장선 것이다. 구속된 그는 같은 해 10월의 1심 선고공판에서 3년형을 언도받고 청주교도소로 이감된다.

5.

두 번째 옥살이를 마치고 나온 후에도 헤아릴 수 없이 연행당하기를 거듭하던 그는 마침내 한국전쟁이 터진 1950년 6월 하순, 흔적도 없이 사라져 버린다. 당시 그의 가족들은 서울 미아리에 살고 있다가 미처 피난을 가지 못한 채 인민군의 서울 진입을 맞는데, 이 집의 가장인 그가 온다 간다 말도 없이 사라져 버린 후 다시는 나타나지 않은 것이다. 그는 일제 강점기 이래 늘 가죽 가방을 들고 외출했는데 그 가방조차 들고 나가지 않았다고 한다.

가족들은 그가 전쟁통에 사망했을 것으로 보고 있다. 좌익활동을 하다가 월북한 사람의 상당수가 1960, 1970년대에 간첩으로 남파되었으나 그는 나타나지 않았고, 연좌제가 엄존하던 시절에 월남파병이나 최전방 근무 때 행해지는 신원조회에 자식들이 걸린 적도 없기 때문이다. 남한 정보부에서 발행해온 『북한인명사전』에도 나온 적이 없었다. 아들 안덕균 씨는 말한다.

"살아남아서 월북했다 하더라도 높은 자리는 하지 않았을 겁니다. 거기 가서도 농사를 짓거나 공장에서 노동자로 일하셨겠지요.
원래 노동을 해온 분이니까요."

좌우익 내걸의 비극 속에 소리 없이 사라진 수많은 인물의 하나
인 안병춘, 올해로 97세가 되는 그가 살아 돌아올 희망은 거의 없
다. 다만 제사상 앞에 놓을 영정사진이 필요할 뿐이다. 이 민족에
게 다시는 이런 일이 없도록 기원하는 제사가 필요할 뿐이다.

(『삶이 보이는 창』, 2006년 4월)

내가 복숭아 농사를 포기한 이유는?

1.

내 고향은 용인이다. 우리 부모님은 일찍 서울에 올라왔으나 할아버지와 큰아버지가 농사를 짓고 있었기 때문에 나는 방학만 되면 용인에 내려갔고, 추석과 설날이면 온 가족이 수원과 여주를 잇는 초만원의 수려선 협궤열차에 몸을 실었다. 검은 연기를 뿜어대며 달리던 증기기관차는 언덕을 만나면 힘을 쓰지 못해 남녀 구분 없이 모두 내려서 철길을 따라서 걸어야 했다. 보름달 휘황한 밤중에 기차를 밀며 걸어 올라가던 사람들의 모습이 지금도 아련하다.

사촌 재섭이 형과 나는 여름이면 뒷산 복숭아나무 그늘 아래에서 온종일 빈둥거리며 농약도 치지 않고 봉지도 싸지 않아 작고

달콤한 복숭아를 까먹었고, 겨울이면 논바닥을 뒤져 우렁이와 미꾸라지를 잡아 고추장과 국수를 넣어 끓여 먹었다. 도롱뇽이 바글거리는 작은 옹달샘이 있는 할아버지의 큰 산에서 몰래 공기총을 들고 나가 비둘기와 토끼를 잡으러 다녔다. 막상 새를 겨냥하면 손이 떨려 쏘지를 못했지만 시늉을 하는 것만으로도 재미있었다.

할아버지는 도롱뇽이 많은 큰 산 기슭에 돌과 흙으로 산막을 짓고 십여 마리의 한우를 키웠다. 할아버지의 산막에 가면 나무 태우는 냄새와 담배 냄새, 소똥 냄새가 그윽했다. 자식들이나 부인에게는 말없고 엄한 할아버지였으나 사촌형과 내게는 유달리 잘해주셔서 '이 산은 손자들에게 나눠줄 거다.' 라고 말하곤 했다.

대학을 선택해야 했을 때, 나는 문학을 좋아했지만 축산과를 택했다. 시골이 좋고 소를 키우고 싶어서였다. 문학은 따로 배우지 않아도 되는, 삶의 반영 정도로 생각했다. 엉뚱하게도 민주화운동과 노동운동으로 15년 험난한 세월을 보낸 후 안정된 삶의 터전으로 택한 곳도 경기도 이천에서도 20Km는 들어가는 외딴 농촌이었다.

밤이 오면 하늘 가득한 별들밖에 친구가 없는 외딴 언덕바지에 터를 잡은 나는 먼저 2천 5백 평 정도 되는 밭에 정강이까지 빠질 정도로 소똥거름을 붓고 뒤집어 섞은 다음 복숭아 묘목을 심었다. 어린 시절 할아버지가 심은 복숭아나무 그늘 아래 복숭아 씨가 수북이 쌓이도록 껍질을 까먹던 생각이 나서였다.

묘목을 심은 지 만 3년 만에 수확을 시작했다. 밭의 절반에 속아 산 품종을 심어 수확을 포기하다시피 했으나 나머지 부분에 심은 황도복숭아는 정말 맛이 좋았다. 복숭아의 과잉생산으로 어떤 지방 것은 한 상자에 3천 원 할 때도 나의 황도복숭아는 최하품도 꾸준히 1만 원 이상을 유지했다. 생산량이 늘어 주변 사람들에게 직거래를 할 때는 2만 원을 받았는데, 황도 한 상자에 몇 만 원씩 하는 시장 가격에 비하면 그래도 인심을 쓴 셈이었다.

하지만 작년 겨울, 나의 복숭아나무는 몽땅 뽑혀 불태워지고 말았다. 지난 한 해 복숭아로 인한 매출이 450만 원이었는데 포장비와 농약값 등의 비용이 230만 원이었다. 내가 유별나게 못한 것도 아니다. 쉰일곱 가구의 복숭아 작목반원 중에 매출이 1천만 원이 넘는 집은 고작 10가구뿐, 나머지는 1천만 원 이하였다. 나보다 적은 사람도 상당수였다. 게다가 달리 지어 먹을 게 없다면서 온 사방에 복숭아 묘목을 심어대니 앞으로 전망조차 없었다. 과감하게 뽑아 버리기로 결심하지 않을 수 없었다.

지난 6년 동안 퍼부은 거름값이며 저울과 분무기 등 기계값, 고급 포장상자값, 가지치기와 봉지 씌우기에 들어간 인건비를 생각하면 속이 쓰린 일이었다. 차라리 남에게 임대를 주었다면 최소한 1천2백만 원은 받았을 테니 복숭아로 번 돈을 공제한다 해도 에누리 없이 2천만 원 이상 손해를 보았다.

복숭아를 뽑아버리고 나니 사방에서 말이 많았다. 힘든 일 그만

두어 잘했다는 소리는 없고, 몇 그루라도 남겨 두지 왜 다 뽑았냐는 소리였다. 알지 못하는 사람들의 소리다. 농사는 여름 한철이라는 말이 있지만, 과수원이란 일을 못해 안달이 난 사람들이나 하는 짓이다. 2월부터 가지치기를 시작해 5월의 꽃 따주기, 6월의 과일 솎기와 봉지 씌우기, 8월의 하계 가지치기, 수확이 끝난 10월부터는 땅이 얼 때까지 거름 뿌리기를 해야 한다. 그 사이, 3월의 유황 소독부터 최소한 열 번 이상 농약을 치고 네 차례 이상 칼슘제 등의 영양비료를 주어야 한다. 땅이 완전히 얼어버린 한겨울 두 달만 빼고는 내내 매달려야 한다 해도 과장이 아니다. 단 한 그루를 심어도 이 모든 과정을 똑같이 밟아야 먹음직한 복숭아를 얻을 수 있다. 몇 그루만 남겨놓으라는 소리는 모르는 사람들의 이야기다.

우스운 것은 마치 나를 놀리듯, 복숭아를 뽑은 지 한 달도 채 되지 않았을 때 정부 발표가 났다. 복숭아나무가 너무 많아 과잉생산되고 있으니 앞으로 복숭아나무를 뽑아버리는 사람에게는 보상을 해주겠다는 것이다. 내 밭 넓이의 복숭아를 뽑으면 2천만 원이나 보상금이 나온다는 것이다. 실제로 올해 많은 과수원이 폐원을 하고 돈을 받았다, 나만 빼고. 이럴 수가?

2.

뒤늦은 폐원 보상 발표에 속이 좀 아팠지만, 나는 곧 힘을 냈다.

복숭아 다음으로 생각난 것은 한우였다. 예전에 서너 마리만 키워도 동네 부자 소리를 듣던, 나로 하여금 축산과를 택하게 만든 그 우직하고 사랑스러운 한우를 키우기로 했다.

작년 겨울, 밭농사를 포기하고 인삼 하는 사람에게 빌려준 대가로 받은 돈에 글을 써서 번 돈까지 합쳐 만삭의 암소 세 마리를 샀다.

한우란 도대체 아플 줄을 모르고, 못 먹는 것이 없다. 더구나 새끼를 두어 번 낳은 암소들은 소가 아니라 여우다. 먼저 주인을 알아보고 다가와 만져달라고 머리를 내밀고 강아지처럼 손을 핥아준다. 배가 고프거나 새끼가 옆 칸으로 빠져나가면 쩌렁쩌렁하게 울어대고, 낯선 사람이 나타나면 길길이 날뛰며 경계한다. 바싹 마른 데다 곰팡이까지 낀 볏짚을 맛있게 먹는 모습을 보고만 있어도 흐뭇하다. 저마다 건강한 송아지를 낳아 금방 여섯 마리로 불어난 것도 신기하고 재미있었다.

그런데, 한우가 들어온 지 일 년이 된 이번 달에 그동안 들어간 비용과 수익을 계산해보니 당황스러웠다. 우사 짓는 돈은 제외하더라도 처음 암소 세 마리를 사는 데 들어간 돈이 1천 9백만 원에 사료값이며 볏짚값, 인공수정비 등으로 최소 3백만 원이 더 들어갔는데 현재 소값을 전부 계산해 보니 넉넉히 잡아도 2천 3백만 원이다. 일 년 동안 겨우 1백만 원 늘어난 것이다. 일 년 사이에 한우 가격이 폭락한 것도 아니다. 한우 세 마리를 키워 일 년 동안 겨우 1백만 원을 벌었다면 믿어지시는지?

한우를 키우는 사람들은 소 한 마리가 일 년에 50만 원 정도 번다고 말한다. 자기 논에서 가져온 볏짚에 쌀겨를 끓여 먹이고 여름이면 어린애들이 들에 나가 베어온 꼴을 먹여 키우던 시절에는 사료비가 들지 않았기 때문에 소 한두 마리만 키워도 대학등록금을 댄다고 했으나 이제는 모든 것을 사서 먹이기 때문에 소 한 마리 키워봤자 한 달에 5만 원도 남기기 힘들게 된 것이다. 적어도 50마리는 키워야 사무직 한 사람분 월급이 나오는 게 현실이다 보니 시골집에서 한우 두어 마리씩 키우는 한가한 풍경은 이제 거의 볼 수 없게 되었다.

수익률이 낮은 것도 좋다. 많이 키우면 되니까. 진짜 난감한 것은 각박한 이익에도 불구하고 한우의 숫자가 급증하고 있다는 점이다. 2년 전 146만 두였던 한우는 올해 연말에 170만 두로 늘었다. 특히 임신한 암소의 숫자가 10만 두 가량 늘어나 걷잡을 수 없이 번식할 전망이다. 머지않아 한우 가격 폭락이 오리라는 것이 불 보듯 뻔하다. 그런데도 달리 해볼 만한 게 없어 포기하는 이가 없다. 나 역시 마찬가지다.

복숭아가 과잉재배되더니 이제 한우도 과잉생산되고 있다고? 우사 짓는 비용은 고사하고 소 산 돈마저 날려버리는 게 아닐까, 한숨만 나온다. 40대 후반부터는 농사를 지으며 편히 살려던 내 인생 계획은 근본적인 수정이 불가피해져 버렸다.

3.

사실, 농사 경력 7년 만에 맞이한 위기는 나의 미숙함 때문에 생긴 게 아니다. 나는 대부분 농민들이 겪어온 실패를 경험했을 뿐이다. 도시에서 내려온 초보농민이라서가 아니라, 농사를 지을 줄 몰라서 생긴 문제가 아니라, 수십 년씩 농사를 지어온 농민들도 매년 겪는 갈등이요 실패인 것이다.

복숭아나 배를 심었다가 고생만 하고 뽑아 버리는 이도 많고, 대파가 괜찮다는 소문에 밭마다 대파를 심었다가 본전도 못 뽑고 뒤집어엎기도 하고, 가지를 심어보기도 하고 오이나 수박을 해서 한두 해 돈을 벌지만 다음 해에 몽땅 날리기도 한다. 몸은 늙고 심을 작물도 마땅치 않던 차에 묘목 장사꾼 말만 듣고 단풍이니 두충 같은 묘목을 심었다가 임자를 만나지 못해 그냥 뽑아버리기도 한다. 집집마다 소도 없는 빈 우사가 없는 집이 없고 곳곳에 흉물스럽게 버려진 돈사도 많다. 도시에서 공장에 다니다가 귀농한 젊은 사람들이 영농법인을 만들어 대리경작을 하거나 억대의 빚을 내어 온실을 만들었다가 쫄딱 망해 달아나기도 하고, 방울토마토, 동충하초, 파프리카, 인삼 등 돈이 된다는 소문만 나면 너도 나도 재배해 가격을 폭락시키는 게 어제 오늘의 일이 아니다.

도대체 무얼 심어야 농촌에서 먹고 살 수 있을지, 고민은 제각기 하되 몰락은 함께하는 게 오늘의 현실이다. 엄청난 중국산 수입농산물이 경작품목 선택을 제한해버린 데다 2백만이 넘는 농가가 제각기 돈이 되는 작물에 대한 소문을 쫓아다니다보니 일부 품목의 과잉생산이 필연적이다. 정부나 농협은 생산량에 대한 정보를 제공해 이를 통제해야 하지만 실질적으로 통계작업은 거의 이뤄지지 않을 뿐더러, 정부에서 하지 말라고 해서 그 말에 따르는 농민도 별로 없다.

정부는 오히려 작황이 좋지 않아 비싸진 품목이 생기면 재빨리 수입해 가격을 낮추기 바쁘다. 농협에서 운영하는 하나로마트 매장에 중국산 농산물이 뒤덮인 것은 놀라운 일도 아니다. 농업정책의 최우선 기준은 도시인들의 생활에 맞춰져 있다. 공산품 수출을 위해 농산물을 수입하고, 도시 노동자들의 저임금을 보조하기 위해 값싼 농산물을 수입한다. 농민들에게는 마을회관을 지어주거나 회식비를 지원하는 따위의 선심을 베푼다.

WTO 무역자유화 협상이 시작된 이후로 57조 원이라는 엄청난 돈이 농촌에 퍼부어졌다지만, 그 대부분은 대출 형태로 농민을 얽어매거나, 농로포장, 창고 건축 같은 곳에 쓰였을 뿐이다. 마치 그 엄청난 돈을 농민들이 공짜로 받아썼다는 식으로 언론에서 떠드는 것은 명예훼손이다.

상황을 더욱 어렵게 만드는 것은 농민들 개개인뿐 아니라 지방자치단체 사이의 경쟁이다. 한때 '특수작물'로 불리던, 돈이 되는 작물들은 얼마 후면 전국 어디서나 생산되는 '보통 작물'로 되어 버린다. 원주, 춘천 같은 한랭지까지 과수밭으로 덮여 간다. 어느 지역에서 성공했다는 소문만 들리면 단위 농협이나 농업기술센터에서 앞다투어 쫓아가 기술을 훔쳐와 자기 지역에 퍼뜨리기 때문이다.

자연히, 한때는 고급 농산물의 상징이던 친환경농업이니 브랜드화니 하는 단어들이 모든 농촌의 공통어가 되어 버렸다. 농약이나 비료를 덜 쓴다는 것은 좋은 일이지만, 내가 보기에 애초부터 농약을 덜 치거나 안 쳐도 되는 작물이 있을 뿐, 나머지 농작물에 농약은 필수적인데도 전국이 친환경농산물 생산지가 되고 있으니 이해가 되지를 않는다. 농약을 줄인다는 말은 생산량의 감소를 의미하여 농부의 총수입은 큰 차이가 없다는 측면도 있다.

전망이 없다는 것은 나 같은 초보 농사꾼만의 문제가 아니라, 모든 농민들이 부딪치고 있는 난관인 것이다.

4.

강원도 화천에서 만난 50세의 건강한 농부 이명섭 씨는 인터뷰 말미에 단호히 말한다.

"내년 한 해만 더 해보고 아니다 싶으면 딱 그만둘 거여."

이 씨는 매년 1만 8천 평 가량의 농사를 짓는다. 그중 자기 땅은 3천 평뿐, 나머지는 남의 땅을 빌렸다. 농지가 귀한 산간지역이라 소작료가 다른 지역보다 비싸서 한 해에 1천만 원이 넘는 비용을 지불해야 한다. 쌀 한 가마니에 15만 원 이상을 받아도 타산을 맞추기가 힘든데 수입쌀이 시중에 풀리기 시작하면 희망이 없다. 내년 한 해만 더 남의 땅을 빌려보고 아니다 싶으면 자기 땅에만 호박이니 가지 같은 채소를 심어 다만 몇백만 원이라도 안정되게 벌면서 경비원이나 공사장 인부로 나갈 생각이다.

예전에는 논밭 3천 평만 있어도 입에 풀칠은 했다. 현재 한국 농민들이 소유한 농지의 평균 넓이도 그 정도다. 그러나 농산물 가격은 갈수록 낮아지는 반면 생산비와 생활비는 급등하고 있는 요즘에는 몇천 평 농사 지어봐야 한두 달 생활비도 대기 힘들다. 농사를 지어 번 돈으로 땅을 산다는 건 꿈도 꾸지 못할 일이다.

부모로부터 손바닥만한 땅도 물려받지 못한 이명섭 씨가 1억 원이 넘는 돈으로 3천 평 논밭을 사기까지는 참으로 험난했다. 남의 땅을 빌려 농사지어봤자 생활비도 대기 힘들어 자식을 하나밖에 낳지 않았다. 자기가 농사지은 논에서 난 볏짚과 풀을 베어 한우를 먹이는 한편으로 공사장에 나가 돈을 모았다. 혼자 감당하기 힘든 넓이를 경운기만을 사용하다 보니 무릎 연골이 닳아 못 쓰게 되었다는 판정을 받고서야 중고 트랙터를 샀다. 그것이 올해였다.

트랙터 한 대가 감당할 최소한의 농지는 3만 평이라고 한다. 중형이라도 6~7천만 원이 넘는 비싼 트랙터를 사서 3만 평 이하의 농사를 지으면 손해라는 뜻이다. 실제로 모든 농산물 가격이 하락하고 생계비는 나날이 증가하는 요즘에는 3만 평 농사를 짓는 사람도 중농에 들기 빠듯하다. 우리 동네 이천에는 자기 땅과 빌린 땅을 합쳐 2~3만 평 농사짓는 농부가 흔하지만 그들의 집에 가보면 가난이 덕지덕지 묻어난다.

어쨌든 요즘에 농지가 3만 평이라면 아무리 싼 지방이라도 10억 원, 경기도라면 외진 곳이라도 20억에 육박한다. 서울에서 크게 사업을 하거나 고위 관리직으로 불법을 저지른다면 모를까, 농사를 지어서 이 정도 땅을 마련하기란 불가능하다. 농사만 짓는 사람은 죽을 때까지 남의 땅을 빌려야만 하는 운명인 것이다.

이명섭 씨와 같은 화천군 상2리에 사는 젊은 농부 김태균 씨는 대형 트랙터를 가지고 매년 3만 평 정도를 경작하는 전형적인 소작인형 중농이다. 김태균 씨 역시 자기 땅보다 남의 땅을 더 많이 빌려 논농사를 짓는 한편으로 몇 마리의 한우에 애호박 농사까지 지으며 쉴 틈 없이 바쁘게 살고 있다. 부인도 읍내에서 작은 옷가게를 하여 생활에 보탠다. 그런데도 올해는 은행 대출이자도 갚기가 어려웠다고 한다.

축산의 경우는 경지 이용률은 높은 편이다. 돼지나 소는 좁은 땅에서 키울 수도 있다. 대신 시설비가 막대하다. 예전에는 젖소 10마리만 키워도 자식을 대학에 보낸다고 했지만 요즘은 50마리는 젖을 짜야 기본 생활을 할 수 있는데, 그를 위한 시설비로는 최소한 5억 이상을 필요로 한다. 젖을 모아 냉장 저장하는 집유 시설에 1억, 송아지사를 포함한 우사와 도로 포장 등에 최소 2억, 소값으로 1억 이상에 운영비는 미정이니 토지와 집을 제외하고도 5억으로 부족하다. 이 거액을 들여서 일 년 열두 달 단 하루도 쉬지 못하고, 부모상을 당해도 두 시간만 갔다가 돌아와서 젖을 짜야 하는 생활이다.

5.

농협에서 발행하는 잡지에는 농사를 지어 성공한 사례가 끊임없이 실린다. 지렁이나 우렁이, 달팽이를 키워 성공했다는 사람, 신품종 난초나 장미를 키워 성공한 사례, 온갖 특수작물로 돈을 번 사례들이 매달 계속된다. 가끔은 그런 이야기가 일간지에도 실리는 바람에 도시 사람들은 '머리만 잘 쓰면 농사를 지어도 큰 돈을 벌 수 있다.'고 말한다. 그런데 왜 너희는 그런 생각을 못하고 불평만 늘어놓느냐는 뜻이다.

내 가장 절친한 친구 중 한 명이 7년 전, 나하고 같은 시기에 충청도 괴산의 고향으로 귀농했다. 이 친구는 정부로부터 귀농자금 대출을 받는 조건으로 농업기술센터에서 합숙까지 하면서 누에가 커서 버섯으로 변한다는 동충하초 재배기술을 배웠고, 2천만 원 대출금을 받아 잠사 짓기와 뽕나무 묘목 구입에 몽땅 쏟아 부었다.

친구가 귀농할 당시 동충하초는 1Kg에 수십만 원을 호가했다. 아무리 생산량이 늘어나 가격이 폭락한다 해도 몇만 원은 받을 수 있지 않겠느냐는 게 본인의 생각이었다. 못해도 1년에 1~2천만 원은 거뜬하리라는 희망이었다. 실제로 이때 농협 잡지에는 동충하초로 돈 버는 농부들의 이야기가 잇달아 실리고 있었다.

그러나 농사를 짓기 시작한 이듬해 친구는 2백만 원도 벌지 못했다. 너무 많은 농민이 동충하초에 몰리다보니 농업기술센터에서 미처 누에 애벌레를 공급해줄 수 없어 조금밖에 키우지 못했기 때문이었다. 기술센터에서는 다음해에는 훨씬 많은 누에 애벌레와 버섯균사를 공급해주었다. 그러나 친구는 그 해에도 2백만 원밖에 벌지 못했다. 재배는 성공적이었으나 동충하초가 과잉생산되었기 때문이다. 이듬해에도 마찬가지였다. 누에를 더 많이 키울수록 수익은 떨어졌고, 영원히 안 갚아도 될 것 같았던 귀농자금 2천만 원에 대한 상환요구를 견디다 못해 아버지로부터 물려받은 땅의 일부를 처분해야만 했다.

친구는 이참에 물려받은 약간의 문전옥답을 모두 팔아 못 쓰는 싼 땅을 사서 관광농원을 만드는 한편으로 호박엑기스니 토종벌 등 농협 월간지에 나오는 여러 성공사례를 실험해보았다. 물론 실험은 모두 실패했다. 이리저리 빚더미에 앉아버린 친구는 결국 그토록 하기 싫었던 재래식 고추농사를 시작하였고, 이번 겨울에는 한 푼이라도 벌어 빚을 갚기 위해 서울에 올라가 임시 용역으로 일하고 있다. 지은 지 몇 해밖에 안 된 잠실은 쥐들의 놀이터가 되고 말았다.

소위 성공 사례라는 것들은 짧게는 수년, 길게는 6~7년 이상 실패를 거듭한 끝에 이삼 년 잠깐 돈을 버는 경우인데, 이것이 알려지면서 곧장 과잉생산으로 이어져 다함께 망하는 게 보편적인 결과다. 나 역시 복숭아 농사를 지으면서도 식용달팽이니 미꾸라지, 우렁이에 민물참게까지, 농협 잡지에 나오는 온갖 성공 사례를 읽으며 유혹을 받아 보았으나 직접 방문해보고 냉정히 계산해보니 모두 헛일이라는 게 드러나 포기하고 말았다.

이들 성공 사례라는 것들은 농협이나 농업기술센터 직원들이 월급을 받는 대가로 만들어내는 무책임한 출장보고서에 불과하다. 내가 처음 농사를 지으려 할 때 젊은 농부들이 그네들을 믿을 수 없다고 말했던 기억이 난다. 그때만 해도 지나친 불신이라고 생각했었다. 그러나 이제는 충분히 이해가 간다.

6.

좋다. 지금까지 한 말들은 모두 내가 복숭아를 뽑아버린 데에 대한 변명이라고 치자. 그러나 정말로 무서운 것은 진짜 몰락은 이제 시작이라는 사실이다.

내가 처음 농촌에 내려온 7년 전, 동네에서 사귄 젊은 농부들은 말했다. 2003년이면 수입이 자유화되어 농촌이 망하기 시작해 2005년이면 완전히 붕괴될 것이라고 했다. 실제로 2년 전부터는 수입농산물이 폭증해 할 만한 농사가 없어졌으며 내년부터는 쌀

농사도 본격적으로 피해를 입게 된다.

　눈에 보이는 치명적인 대혼란은 오지 않을 수도 있다. 정부가 끊임없는 수혈정책으로 충격을 완화시키기 때문이다. 아직 농촌은 완전히 몰락하지는 않았으며 앞으로도 한동안은 더 생명을 유지할 수 있을 것이다. 값싼 미국산 밀가루가 들어오면서 밀농사가 사라졌듯이, 값싼 중국산 농산물이 유입되면서 논밭이 점점 황폐화되어 식량의 거의 전부를 중국, 미국, 호주 등에 의존해 사는 도시국가가 되어 있는 우리의 모습을 보게 될지도 모른다. 현재의 식량자급률이 겨우 26.7%라는 것을 생각하면 결코 과장이 아니다.

　사실, 나는 우리나라의 식량자급률이 26.7%에 불과하다는 발표가 지금도 의아스럽다. 프랑스는 222%, 영국은 125%라는데 도대체 우리나라는 무슨 이유로 이것밖에 되지 않을까? 우리들의 밥상에는 아직도 빵보다 밥이 더 많이 오르고, 중국산 농산물보다는 국산 농산물이 더 많이 오르는 것 같이 보이는데 어떻게 자급률이 그것밖에 되지 못할까? 식당이나 학교에서 중국산을 쓴다 해도 하루 한 끼니 정도밖에 안 된다. 아무래도 정부 통계의 오류나 농민단체의 과장은 아닐까 의심해보지 않을 수 없다.

　사실 식량자급률이란 단순히 직접 조리해 먹는 재료의 수입만을 이야기하는 것이 아니다. 소나 돼지, 닭 등 육류를 생산하는 데 들어가는 사료의 거의 전부를 수입하고 있으니 한우니 국산 돼지니, 국산 닭고기니 하는 말들은 다 허상이다. 물론 마늘, 고춧가루

등 양념까지 포함해 마트의 채소나 과일의 절대량은 중국에서 들어온 것들이고 생선의 대부분 역시 외국산이다. 엄밀히 분석해 보면 26.7%란 통계가 맞을 것이다.

여하튼 직접 농사를 짓는 내가 이렇듯 통계를 의심할 정도이니, 도시 사람들은 어떨까? 어느날, 세계대전이 일어나 곡물값이 폭등하고서야 우리가 먹고 마시는 대부분의 음식이 수입되고 있었다는 사실을 깨닫게 될까?

요즘 사람들은 도시인이건 농민이건 '수출 분야 산업을 발달시키기 위해서는 농민의 희생이 불가피하다.' 라는 말들을 너무 쉽게 한다. 희생되는 것은 농민이 아니라 국민이라는 사실을 모르는 채, 농업을 공장이나 상업과 같은 정도의 위치에 놓으려 한다. 그러면 자급률 200%가 넘는 프랑스나 좁은 땅덩어리에서도 125%를 이룬 영국은 산업과 수출을 거부하는 나라라는 말인가?

일방적으로 농업 담당 관료나 농협이니 농업기술센터 관리들을 비난하고 싶지는 않다. 지난 7년 동안 투쟁적인 농민회 간부들은 거의 못 만났어도 그네들은 무수히 보았다. 그들 나름대로 농촌을 살리기 위해 얼마나 애쓰고 있는가는 느낄 수 있다. 그런데 왜? 벼를 심지 않거나 과수나무를 뽑으면 현찰을 주는 이런 황당하고 멍청한 정책은 도대체 어떤 인간들의 두뇌에서 나온 것일까?

문제는 정부의 정책이다. 근본적으로 농업을 당장의 이익의 측면으로만 바라보는 시각 자체가 잘못이다. 식량자급률이 그토록 바닥에 이를 때까지, 도대체 정부는 무엇을 하고 있었단 말인가? 더욱 기가 막히게도 농사를 짓지 말라고 돈을 주다니, 이것도 정책이라고 할 수가 있을까? 농업에 대한 근본적인 정책 재고가 필요하다.

물론 첫째는 무한정 허용된 외국 농산물 수입을 규제하는 게 필수다. 자유무역의 원칙에 농업을 희생시키지 말고, 최대한 수입을 규제해야 할 것이다. 또 한편으로는 일방적인 수입에 의존하고 있는 사료 같은 원자재 성격의 농산물을 자체 생산하는 노력을 기울여야 할 것이다. 넓지 않은 국토에 공업국이면서도 식량자급률이 높은 프랑스, 영국, 일본 등의 사례에서 배울 수 있지 않을까?

농사를 짓지 않는 데 대한 보상금으로 나가는 막대한 비용을 농업생산에 대한 방대하고도 정확한 통계 작업을 토대로 농민들이 경쟁적으로 과잉생산하지 않도록 유도하는 데 쓰는 것도 꼭 필요하다. 농업 생산을 농민 개인의 경쟁에 맡겨두고, 나아가 지자체나 단위농협들끼리의 경쟁에 맡기는 방법은 농촌 문제를 더욱 악화시키고 있다. 작물들마다 적정 생산량을 산출하고 재배 면적이나 재배 지역을 통제하는 강력한 정책이 필요하다.

매년 변화하는 농업 생산의 정확한 통계를 내는 일은 과거에는 거의 불가능한 일이었으나 농업 인구가 7%대로 줄어들어 있고 컴퓨터와 인터넷이 고도로 발달한 요즘에는 현실성이 있다고 생각된다. 정부와 농협이 전국적인 차원에서 정확한 통계를 통해 정보를 제공한다면, 농민들에게도 어느 정도 이를 강제할 수 있는 방법들을 고안해낸다면 지금과 같은 무질서는 어느 정도 해소될 것이다.

아무튼 나의 어설픈 농사 경험은 아직 끝나지 않았다. 한우를 더 늘려야 할지, 아니면 더 늦기 전에 모두 팔아버려야 할지, 인삼을 뽑고 나면 어떤 작물을 심어야 할지, 이웃 농민들만 만나면 상의해본다. 아직도 한우가 괜찮다거나 복숭아를 다시 심으라는 소신파도 있고 조경용 묘목을 심으라는 개혁파도 있지만, 대개는 심을 게 아무것도 없다고 한탄한다.

지난 7년을 통해 얻은 한 가지 확실한 경험이 있다면 땅을 많이 살 필요가 없다는 점이다. 나이가 들면 시골에 오겠다는 이들에게 나는 말해준다. 귀농하려거든 딱 5백 평만 사서 집 짓고 텃밭 만들고 남은 땅에는 농약 없이도 크는 살구나 대추, 매실 같은 유실수 몇 그루만 심어라, 더 많이 사봐야 농사지을 품목도 없고, 농사를 지어보면 후회밖에 남는 게 없을 거라고. 평생의 꿈이던 전원생활을 누리게 된 내가 얻은 교훈은 그것뿐이다.

이번 농활에서 만난 화천농민회 회원들과 화천문화원 회원 분들의 성의는 무척 감동적이었다. 그분들의 따뜻한 인간미와 헌신적인 모습은 이 자리가 아닌 다른 자리에서 다시 쓰게 될 것이다. 그래도 진심으로 고마웠다는 인사를 드린다.

(『땅과 더불어 사는 사람들』, 2005년)

사회주의와 노동운동

일제하 노동운동과 사회주의

한국의 노동운동은 일제 중반기 산업화와 함께 본격화됩니다. 조선 후반기와 일제 초기에도 광산 등지에서 폭동이 일어나는 등 맹아적 형태의 노동운동이 일어나지만 비조직적인 일회적 쟁의에 머뭅니다.

본격적인 조직적 노동운동은 1920년대 들어서 시작됩니다. 서울, 평양, 대구, 부산 등 주요도시에 의류와 신발 등 노동집약적인 경공업이 발달하고 흥남과 원산 등지에 제철과 비료 등 중공업이 들어서면서 노동자의 집단화가 이뤄지고, 노동운동의 가능성도 열리게 됩니다.

처음으로 조직된 전국적 노동자 단체는 1920년에 만들어진 조선노동공제회였습니다. 이 단체는 노사협조적이던 지식인들의 주동으로 만들어져 지방 유지들의 후원까지 받는 개량적인 성격을 갖고 있었습니다. 공제회는 노동에 대한 강연이나 전염병 예방을 위한 위생강연 같은 것을 주로 했고 소비조합을 설립하는 한편 노동쟁의가 일어나면 조사하고 중재하는 일을 했습니다.

활동 2년 만에 1만 5천여 회원을 확보할 정도로 활발했던 공제회는 그러나 2년 만인 1922년에 자진해서 해체됩니다. 그 이유는 1917년 러시아에서 일어난 사회주의 혁명에 영향을 받은 사회주의자들이 상층부에 진출하면서 친일 내지 민족주의 성격을 띤 개량주의적인 창립 간부들의 온건노선과 대립하게 되었기 때문입니다.

사회주의자들은 공제회가 해체된 바로 다음날로 조선노동연맹회라는 새로운 전국 조직을 건설하였는데 그 회원은 순식간에 3만 명으로 늘어납니다. 강달영, 백광흠, 김광근 등 후일 조선공산당의 핵심들이 되는 이 조직의 지도부는 선언문에서부터 자본주의와 자본계급에 대한 투쟁의지를 명백히 함으로서 일제와 정면으로 맞서게 됩니다.

다시 2년 후인 1924년에는 농민조직들까지 합세해 조선노농총동맹을 결성하는데 그 회원은 260개 단체 5만 3천 명에 이르렀습니다. 3년 후 농민과 노동자를 구별해 다시 조선농민총동맹과 조선노동총동맹으로 출범하는 이 조직은 일제의 탄압으로 와해되는

1930년대 초까지 국내유일의 전투적이고 계급적인 노동단체의 역할을 하게 됩니다.

이들 단체들은 수많은 쟁의에 중재자로 혹은 지원자로 나서서 투쟁을 후원하고 자본과의 협상을 대리하는 역할을 하는 등 많은 활동을 합니다.

이 시기의 대표적인 투쟁은 1923년 부산조선방직 여성 노동자 500명의 파업과 서울고무공장 노동자들의 파업, 1925년 서울 전차공들의 파업, 1927년 인쇄노조 파업 등등 헤아릴 수 없이 많은데, 그중 가장 크고 상징적인 투쟁은 1929년에 일어난 원산총파업이라고 할 수 있습니다.

일본의 대륙 진출의 관문 중 하나로 항만과 공장들이 발달한 원산은 1920년대 초기부터 사회주의자들에 의한 조직운동이 활발히 발달해 1925년 2,200여 조합원으로 원산노련을 만들게 됩니다. 원산노련 깃발에는 소련의 국기와 흡사한 낫과 망치가 그려지고 사무실에는 마르크스와 엥겔스의 초상화가 걸려 있을 정도였습니다. 노동조합의 특성상 위원장 김경식을 비롯한 다수는 여전히 개량적인 조합주의자들이었으나 실질적인 지도는 온전히 사회주의자들에 의해 이뤄져 설립 후 수년간 20여 차례의 쟁의를 일으켜 대부분 승리합니다.

일제는 마침내 원산노련을 깨기 위해 고의로 파업을 유도했고 1929년 1월 하순 전면파업에 돌입하게 됩니다. 이후 만 3개월간

원산노련 소속 노동자들과 가족들은 일제 군경의 위협과 검속에 맞서 가열차게 싸우지만 끝내 와해되고 맙니다.

원산총파업 이후에도 1931년 평양고무노동자들의 총파업 및 부산고무노동자 총파업, 1933년 서울 6개 공장의 연쇄파업, 1935년 진남포 제련소의 대규모 파업 등 잇단 대규모 쟁의가 일어나는데 그 이면에는 반드시 사회주의자들의 활동이 존재합니다. 일제는 매번 파업사건 때마다 수십 명에서 때로는 백 명 이상의 사회주의자들을 검거, 구속시킵니다.

사회주의 노동운동이 가장 활발했던 1920년대 후반부터 1930년대 전반까지 해마다 3, 4천 명의 운동가들이 사회안전법 위반으로 구속되어 감옥에 가는데 그 대부분이 노동운동이나 농민운동 관련자였습니다.

일제의 탄압이 극심해진 1930년대 후반에 들어서면 노동운동을 포함해 모든 국내 항일운동이 약세로 돌아서는데 그 가운데도 1936년까지 이재유, 이관술 등에 의해 계속된 서울의 적색노동운동, 1938년까지 계속된 이주하, 이강국, 최용달 등에 의한 원산지역 지하노동운동 등이 맥을 잇습니다.

해방 직후 전평의 노동운동

해방과 동시에 노동운동을 주도한 것 역시 경험 많고 조직력 풍부한 사회주의자들이었습니다. 이들은 해방되던 해 11월 조선노동조합전국평의회, 약칭 전평을 결성하는데 한 달 만에 전국 1,757개 노동조합 50만 조합원이 가입할 정도로 위용을 갖춥니다.

전평은 명예의장으로 박헌영, 모택동, 김일성 등을 내세울 정도로 공개적으로 사회주의 노선을 내세우는데 실천과제로는 조선의 완전 독립과 통일정부 수립, 양심적인 민족 자본과 협력해 산업을 부흥시킬 것 등 현실적인 과제들을 선정합니다.

전평을 주도한 것은 일제 때부터 노동운동 지도자로 활약한 김삼룡, 이주하, 이현상, 이인동 등 철저한 사회주의자들이었는데 즉각적인 사회주의 강령을 내세운 것은 아니었습니다. 당시 소련의 정책에 따라 한국의 발전 단계를 부르주아 민주주의 단계로 설정하고 산업부흥과 민주주의 정착 등을 내세워 일제가 버리고 간 공장의 재가동에 나서는 등 현실적인 활동을 합니다.

그러나 공산주의 박멸에 목표를 둔 미군정과 우익들은 전평을 파괴하기 위해 1946년 3월 10일 대한노총을 세웁니다. 오늘의 한국노총의 전신입니다. 대한노총은 이승만과 김구 등 반공주의자를 고문으로 추대하고 극우청년단체원들이 간부로 포진하는데, 실질적인 노동자 조직은 거의 전무한 상태로 출범합니다.

대한노총의 강령은 자유노동과 총력발휘로써 건국에 헌신한다, 피와 땀을 아끼지 않고 노동자와 자본 사이의 친선을 기한다는 내용으로, 스스로 노사협조를 위한 어용단체임을 천명합니다. 이들은 미군정의 보호와 돈 많은 보수우익 친일파들의 적극적인 자금 지원 아래 김두한 등 깡패조직들을 동원해 전평을 파괴하는 데 총력을 기울이게 됩니다.

해방 이듬해인 1946년 들어 미소냉전이 격화되면서 조선공산당과 전평 등 남한 내 좌익에 대한 미군정의 맹공이 시작되고, 전평은 이에 맞서 1946년 9월 총파업을 일으킵니다. 철도, 부두 등 주요산업 노동자 17만 명에 4만여 학생까지 동맹휴학을 하는 등 전국에서 20만이 넘는 동조자들이 파업에 참가합니다. 미군정과 경찰, 극우청년단 등은 이에 무자비한 진압을 가해 25명이 사망하고 4,780명이 구속되며 7,767명이 해고됩니다. 실로 한국사상 최초의 전국적 총파업이라고 할 수 있습니다.

전평은 이후에도 남북 분단을 반대하고 미군정의 실정을 비판하며 1947년 3월, 1948년 2월 등 수차례 총파업을 벌이지만 번번이 경찰과 극우청년단의 폭력으로 심한 타격을 입고 매번 2, 3천 명이 구속되며 끝납니다.

1948년 8월 15일 대한민국이 수립되면서 전평은 완전히 와해되고 이로 인해 수배된 많은 노동자들이 죽음을 피해 소백산맥 등 산악지대로 피신하여 일명 야산대라 불리는 빨치산의 원조가 됩니다.

한국전쟁과 극우 반공주의하의 노동운동

1950년 6월 전쟁이 터지면서 이후 1970년대 초까지 한국의 노동운동은 사실상 소멸상태가 됩니다. 대한노총은 극우 이념을 대변하는 관변조직의 하나로서 반공집회에 노동자를 동원하는 역할을 하는 이외에 노동자의 권익을 위한 어떤 활동도 하지 않았다고 해도 지나치지 않습니다.

1960년 4·19학생혁명이 일어나 민주주의가 열렸을 때 잠시 노동운동이 부흥하기도 했으나 이듬해 5·16군사쿠데타로 소멸하고 맙니다. 1960년대에도 간간이 노동쟁의가 터지지만 한국노총의 어용성은 이를 뒷받침하기 보다는 억누르기에 바빴고 대한조선공사 파업, 한진노동자 파업 등 몇몇 대규모 파업 역시 일회적이고 경제적인 요구로 끝납니다.

정치적, 사회적 의식을 가진 노동운동이 다시 시작되는 계기는 1970년 11월 13일 평화시장의 전태일의 분신입니다. 이 사건으로 최초의 민주노조라 불리는 청계피복노동조합이 건설되고 지식인들 사이에 노동운동에 대한 관심이 늘어나면서 기독교와 가톨릭 같은 종교계의 지원을 받은 민주노조운동이 태동됩니다. 가톨릭노동청년회, 기독교 도시산업선교회 등이 앞장서 노동자 교육과 조직에 나서고 이에 힘입어 원풍모방, 콘트롤데이타, YH노조 등 소위 민주노조들이 만들어집니다.

철저한 반공정책으로 유지되는 군사독재의 엄혹한 탄압 아래 명맥을 이어온 10개가 안 되는 이들 민주노조들은 엄밀히 말해서 사회주의 이념과는 상당한 거리를 가지고 있었습니다. 이에 관여된 일부 지식인들조차도 사회주의자로 자임할 정도의 이론적 지식이나 확신을 갖고 있지는 않았으며 그야말로 민주주의를 요구하고 노동자 복지를 요구하는 수준에 머뭅니다.

그럼에도 이들의 존재는 향후 남한 노동운동의 큰 밑거름이 됩니다. 특히 YH노조는 박정희의 유신독재가 극단에 치닫던 1979년 8월 야당인 신민당사에서 농성을 감행함으로써 이후 급속히 전개되는 신민당 총재 김영삼의 국회의원 제명, 이에 항거한 부마항쟁, 김재규에 의한 박정희 사살로 이어지는 정치변혁의 결정적인 역할을 하게 됩니다.

광주민주화항쟁과 사회주의 운동의 부활

1980년 5월에 일어난 광주학살은 평화적인 민주주의에 희망을 걸고 있던 많은 지식인, 학생들에게 혁명적인 변혁의 필요성을 느끼게 만듭니다. 그로 인해 대학생들 사이에는 금지된 사회주의 이론 서적들이 급속히 유포되고, 완벽하지 않으나마 사회주의 혁명을 지향하는 소규모 조직들이 무수히 만들어집니다.

일제 때 그랬듯이, 사회주의자들은 노동계급의 조직적 투쟁으로 혁명을 일으켜야 한다고 판단하게 되었고, 최소한 수천 명의 의식화된 대학생들이 노동현장에 위장취업해 노동운동에 뛰어들게 됩니다.

이들은 일제 때 그랬던 것과 똑같이 소수 노동자들을 조직해 극비리에 사회주의 이론을 강습하고 이렇게 조직된 힘으로 한국노총 소속의 어용노동조합을 민주화하거나 신규 노조를 결성하는 싸움을 벌이게 됩니다.

자생적인 사회주의자라고 할 수 있는 이들 학생들의 활동은 전국적 조직도, 지도도 없는 가운데 소그룹 단위로 이뤄져 관념적 조급성과 미숙성에서 크게 벗어나지 못합니다. 그럼에도 수많은 학생들의 투입과 이들로부터 영향을 받은 탁월한 노동자들의 출현은 혁명적 노동운동의 불씨를 되살리게 됩니다.

비밀리에 시작했던 이들의 활동은 1984년에 들어서면서 점차 공개화됩니다. 전국 곳곳의 산업단지에서 크고 작은 싸움과 신규 노조 결성, 어용노조 민주화 투쟁이 일어나 1985년 6월에는 구로 공단의 6개 노동조합 노동자들이 연대파업을 벌이기에 이릅니다.

그러나 노동운동의 결정적인 발전은 해방과 4·19처럼 민주주의의 확대에서 비롯됩니다. 1987년에 일어난 6월 민주화 항쟁은 오랜 군사독재의 폭압을 한풀 꺾게 되고, 이에 힘입어 다음달부터 전국적인 대파업이 일어납니다. 7, 8월 두 달간 무려 3,300여 공장에서 일어난 대파업은 이후 노동운동의 판도를 근본적으로 바꾸

게 됩니다.

　대파업 이후 그동안 억눌렸던 노동자들의 대공세가 계속된 끝에 1990년 내부적으로 사회주의적인 성향이 강한 활동가들에 의해 전노협이 결성되기에 이릅니다. 여전히 반공주의가 만연한 사회분위기상 사회주의에 대한 지향을 공개화하지는 못하지만 다수의 지도자들이 사회주의 지향성을 가지고 있던 것은 사실이었습니다.

　하지만 1980년대 말부터 소련, 동독 등 동구 사회주의가 차례로 붕괴하면서 사회주의 이론의 현실성은 의심받게 됩니다. 이는 노동운동이 노동자 개인과 소속 노동조합의 이익이라는 노동자 이기주의 혹은 조합주의의 한계를 벗어나는 데 적지 않은 영향을 미치게 됩니다.

　이런 가운데서도 중소기업 중심으로 5만여 명이 결집했던 전노협은 5년의 조직 활동 끝에 1995년 민주노총의 결성을 맞게 됩니다. 한국노총의 어용성에 맞서 보다 전투적인 제2노총이 탄생한 것입니다.

　민주노총의 이념성에 대해서는 아직까지도 함부로 평가할 수 없으나 보다 진보적인 사회를 지향하는 정치적 목표를 가지고 있음은 분명합니다. 조합주의, 경제주의라는 비판도 늘 따르지만, 노동조합의 특성상 다양한 사상이 융합해 있는 것은 불가피한 현상이라고 봅니다.

한편, 십여 년간 노동자의 대공세에 밀리고 있던 자본은 2천년 대 들어서면서 역공세를 펼치기 시작합니다.

자본은 우선 노동자의 고용을 불안전하게 만들어 노동운동의 근본 자체를 취약하게 만듭니다. 비정규직의 양산이 그것입니다. 서구의 비정규직들이 보다 자유로운 삶의 질을 위한 선택이라는 성격을 띠고 있다면, 한국의 비정규직은 온전히 노조의 무력화와 임금 저하를 위한 자본의 공격일 뿐입니다.

자본은 또한 노동자들의 모든 투쟁에 대해 금전적 배상을 요구하는 고소 고발 작전으로 손발을 묶습니다. 이는 가난한 노동자들을 투쟁에서 회피하게 하는 치명적인 수단이 됩니다.

이에 비해 노동운동을 이끄는 이념은 대단히 취약해진 상황입니다. 보다 강력한 단결과 투쟁을 담보했던 사회주의 이념의 퇴조와 더불어, 그동안 사회주의자들이 주장해 왔던 대부분의 요구들이 현실화됨으로써 대중을 단결시킬 새로운 요구를 창안해 내지 못하게 된 것입니다.

대한민국의 헌법은 조선공산당 강령이라고 할 수 있을 정도로 사회주의자들의 요구를 그대로 반영하고 있습니다. 일제하와 해방 직후 조선공산당이 주장했던 의료보험, 국민연금, 지방자치, 남녀평등, 7시간 노동 등 대부분의 내용이 수용되어 있습니다.

큰 요구들이 대부분 수용된 이제는 혁명적인 변혁보다는 이런 제조건들을 보다 노동자에게 유리하게 만들려는 세부적인 요구들을 내세우게 되었고, 자연히 노동운동의 역동성은 나날이 약화되고 있는 게 현실입니다.

결과적으로 노동 문제에 대한 자본의 대역공은 성공을 거두고 있는 셈입니다. 하지만, 이러한 제조건들의 쟁취는 자본의 배려가 아닌 수많은 노동자들의 피로 이뤄진 것으로, 자본주의의 발전이 사회주의의 도래를 가져온다는 사회주의 원론이 현실화되고 있는 것은 아닌가 돌아보게 됩니다.

이런 상황에서 노동운동은 어떻게 발전해야 하는지, 구체적으로 민주노총이 어떤 활동을 할 것인지에 대한 고민은 더욱 심화되어야 한다고 생각합니다.

(민주노총 강연, 2011년 5월)

소설을 통해 본 한국의 역사

소설의 교육적 효과

소설은 상상으로 쓴 허구의 세상이지만, 현실을 이해하고 가치
관을 갖게 만드는 데 매우 유용한 수단이 됩니다.

저의 경우는 초등학교 들어가기 전에 외삼촌으로부터 한글을
배웠는데 교재는 어린이용 동화책들이었습니다. 『엄마 찾아 삼만
리』니 『행복한 왕자』, 어린이용으로 나온 『레미제라블』이나 『몬테
크리스토 백작』 등을 통해 한글을 배우는 동시에 세상을 이해하고
나름대로의 가치관을 형성하게 됩니다.

예를 들어 오스카 와일드의 『행복한 왕자』를 통해 가난한 사람
들에 대한 애정을 배우고, 『레미제라블』이나 『몬테크리스토 백

작』을 통해 정의란 무엇인가를 배웁니다. 『엄마 찾아 삼만리』를 통해서는 인간에 대한 애정을 배우게 됩니다.

또한 이런 동화들을 읽으면서 나도 이런 글을 쓰는 사람이 되고 싶다는 생각을 하게 되어 어린 시절부터 소설가의 꿈을 키웠고, 조금 늦게 시작했지만 작가로서 평생을 살게 됩니다.

소설은 상상으로 만들어진 가공의 이야기라고 하지만 현실에 기초하지 않을 수 없고, 근본적으로 선을 추구하고 악을 징계하는 틀로 짜여 있습니다. 잘 지어진 문학작품을 읽는 것만으로도 사회학과 철학, 역사, 도덕 등 풍부한 인문적인 소양을 얻을 수 있습니다.

특히 어린 시절의 독서는 인생 전반에 큰 영향을 미치게 됩니다. 초등학교 이하 어린이들을 상대로 교육을 하는 선생님들에게 참고가 되지 않을까 합니다.

소설을 통해 재조명되는 한국 현대사

소설의 여러 분야 중에서도 서사문학의 영향력은 큽니다. 역사학자들에 의해 쓰인 역사서가 실증적인 자료에 기초해 사실을 설명해준다면, 소설은 여기에 실제 그 시대를 살았던 인물들의 감정과 인생궤적을 생생하게 덧입힘으로서 독자로 하여금 보다 입체적으로 당시의 역사를 이해하게 해줍니다.

하지만 모든 글에는 작가의 주관적 관점이라는 함정이 도사리고 있습니다.

방대하고도 지루한 『조선왕조실록』을 재미있는 이야기로 푼 여러 역사소설들이 이조시대를 되살려주지만 상대적으로 왕실 내부의 권력쟁투에만 초점을 맞춤으로써 당대 민중의 현실과 사회상을 제대로 보여주지 못하는 한계를 갖습니다.

현대사에 있어서도 한국전쟁 이후 한국 현대사를 소재로 생산된 대부분의 소설들이 이념적인 극우편향을 벗어나지 못해왔습니다. 일제시대에 독립운동의 주력으로 활동한 사회주의자들에 대해 일체 함구하거나 해방공간에서 활동한 좌익들을 피도 눈물도 없는 '괴물'들로 묘사하는 데 아무런 주저함이 없었습니다.

한국 현대사를 다룬 소설들이 극우편향성에서 벗어나기 시작한 것은 1980년대 중반 이후가 아닐까 합니다. 대표적인 작품으로 조정래의 『태백산맥』, 정지아의 『빨치산의 딸』, 권운상의 『녹슬은 해방구』 등이 있고 자전적인 작품으로는 이태의 『남부군』 등이 있었습니다. 주로 한국전쟁 전후 빨치산 활동을 소재로 한 이들 작품들은 지금까지와 달리 좌익적인 입장에서 빨치산을 그려냄으로써 이념논쟁에 휩싸임에도 불구하고 빨치산이 왜 등장하게 되었는가, 그들의 이념과 행동방식 등을 사실적으로 묘사함으로써 기존의 극우반공적인 시각을 교정하는 데 큰 역할을 합니다.

특히 『태백산맥』은 해방 직후 시대상과 민중의 삶을 상세하고 생생하게 함께 그려냄으로써 많은 독자를 얻었고 좌익 빨치산에 대한 일반인들의 인식을 크게 변화시키는 역할을 합니다. 이는 한 편의 잘 된 소설이 어떤 역사 전문서적도 해내지 못하는 일을 할 수 있음을 보여줍니다.

저의 경우는 소설가이기 이전에 민주화운동과 노동운동에 반생을 바친 운동가로서 노동운동의 역사를 일반인이 읽기 좋은 소설로 쓰는 일에 주력해 왔습니다. 『파업』, 『사랑의 조건』 등의 소설이 그것인데, 1990년대 초반 동구 사회주의의 몰락 이후 변혁운동이 이념적인 공황을 겪는 것을 보면서 거꾸로 사회주의 운동의 근원과 역사에 대해 관심을 갖고 스스로 공부를 하게 되었습니다. 그렇게 해서 나오게 된 것이 소설 『경성트로이카』와 『이관술』, 『이현상 평전』, 『박헌영 평전』 등의 평전류들이었습니다.

『경성트로이카』를 쓰게 된 이유

박헌영, 김삼룡, 이주하 등은 요즘 신세대들에게는 이름조차 낯선 인물들일 것입니다. 극우 반공교육을 받으며 자라난 구세대에게는 남로당을 이끈 악명 높은 공산주의자들로만 각인되어 있습니다. 이현상의 경우는 빨치산 사령관으로만 널리 알려져 있습니다. 이들이 일제하에서 누구보다 열성적으로 항일투쟁을 해온 독립운동가들이며 하나같이 유명한 노동운동가였다는 사실은 거의 알려져 있지 않거나 주목받지 못해왔습니다.

『경성트로이카』는 이들의 노동운동가로서의 활동을 재조명하기 위해서 쓰인 작품입니다. 트로이카란 사회주의 운동가들이 사용하는 용어의 하나로, 세 명 이상이 모여 민주적으로 결정하는 위원회를 의미합니다. 일제 중반기인 1930년대 초반 서울에서 이재유를 중심으로 김삼룡, 이관술, 이현상 등이 모여 경성트로이카를 결성하고 여러 공장과 학교에서 십여 차례 파업과 동맹휴학을 이끌어 냅니다.

이들의 파업과 이후 활동에 대해서 일제하 신문들은 수차례에 걸쳐 대서특필함으로써 해방될 당시 이재유는 박헌영보다도 더 유명한 이름이었다고 합니다. 이재유가 일제 말기에 감옥에서 죽지 않았다면 해방 후 공산당운동의 판도가 변했을 거라는 이야기도 있었으며 그의 절친한 동지였던 이관술의 경우는 해방 직후 실시된 여론조사에서 김일성, 김규식에 앞서 새 나라를 이끌 지도자감으로 꼽힙니다.

하지만 현대사에서 이재유와 경성트로이카의 활동은 거의 완전히 묻힌 이야기가 되고 말았습니다. 그 주인공들은 1970년대 남한의 반공드라마에서 피도 눈물도 없는 악랄한 살인자들로 묘사되고 심지어 박헌영의 경우는 일제와 해방기 조선공산당의 최고지도자였음에도 사회주의 모국이라고 주장하는 북한으로부터 '미제의 간첩'으로 몰려 처형당하기까지 합니다.

학계에서는 1990년대 초반에 김경일 교수가 「이재유 연구」라는

논문을 통해 경성트로이카에 대해 상세히 기술했으나 전문 학술
서적인 한계로 극소수의 현대사 전문가들에게만 읽힌 실정이었습
니다.

한국의 노동운동사와 이념운동의 근원을 밝혀보고자 하는 의미
에서 경성트로이카에 주목하게 된 저는 역사 전문서적으로보다는
보다 대중적으로 읽힐 수 있는 소설의 형식을 취하기로 했습니다.
다만 대부분의 사료와 인물 이름은 사실 그대로 기술하고, 상상으
로 채울 수밖에 없는 여백만을 소설로 묘사하는 극사실주의적인
방법을 택했습니다.

소설 『경성트로이카』

일제 침략이 전성기에 이르던 1920년대 후반, 국제공산당 코민
테른은 조선의 공산주의 운동가들에 대해 '12월 테제'를 발표합니
다. 조선의 공산주의 운동이 지식인들 사이의 파벌운동이라는 한계
에 빠져 있으므로 조선공산당을 해체하고 운동가들은 공장으로 들
어가 노동운동의 대중조직으로부터 다시 시작하라는 내용입니다.

당시 식민지 조선의 독립운동을 크게 나누어 보면 좌익 쪽으로
는 중국에서의 항일 무장투쟁과 국내의 조선공산당 조직운동이
있었고 우익 쪽으로는 상해 임시정부와 미주의 외교운동이 있었
습니다. 이 중 실질적으로 무장력과 조직력을 가진 것은 좌익측

운동으로, 이 무렵 한 해에 수천 명의 사회주의자들이 사회안전법 위반으로 구속되고 있었습니다.

코민테른의 테제에 따라 많은 항일운동가들이 공장에 취업하게 됩니다. 국내에 대학이 없던 당시 고등보통학교만 나오면 지식인이었는데 수많은 고보생들이 동맹휴학으로 제적되거나 졸업하고 공장에 들어갑니다.

대표적인 인물로는 보성전문학교 출신인 이현상, 동덕여고 출신인 이순금, 박진홍, 이종희, 이경선, 이효정, 갈돕회라 불리던 고학당 출신인 김삼룡과 허균, 경성제대 출신인 김재병, 경성여상 출신 이병희, 심계월 등 경찰 조서에 오른 인물만도 수백 명에 이릅니다. 서울에 공장 노동자가 만 명이 안 되던 시기에 상당한 숫자입니다.

함경남도 삼수 출신인 이재유는 송도고보, 일본대학 등 여러 학교를 중퇴하고 일본에서 노동운동을 하며 2년간 70회 검거되어 유명해진 탁월한 조직가였습니다. 조선공산당의 하부조직인 고려공산청년회 사건으로 일본에서 체포되어 국내에 압송, 서대문형무소에 수감된 그는 4년여 동안 감옥에서 많은 사람을 사귑니다.

석방 후 1933년 초에 서울에서 활동을 시작한 그는 국제선이라 불리는 여러 외부 세력에 의존하거나 상부조직부터 만들지 않고 공장 노동자 조직부터 착수합니다. 그 아래 강인하고 탁월한 여러 운동가들이 집결합니다. 훗날 남부군 사령관이 되는 이현상, 남로당 지도자가 되는 김삼룡, 여성운동의 상징이던 박진홍과 이순금 등 이백여 명이 조직되어 경성트로이카를 결성합니다.

경성트로이카의 핵심들은 하나같이 일제 경찰에게 '고문 강자'로 불리던 강철 같은 운동가들이었습니다. 이관술, 정태식, 박영출, 변홍대 등은 일제 경찰의 어떤 혹독한 고문에도 버텨내기로 유명했습니다. 박영출 같은 이는 결국 고문치사 당하고 변홍대 같은 이도 가혹한 고문에 저항해 자살을 기도하기도 합니다.

강인하면서도 부드러운 것도 이들의 특징이었습니다. 이재유는 '극히 사무적으로 꼼꼼하다.'고 말해질 만큼 부드러운 말투로 조직을 이끌었고 이관술은 농담과 소탈한 행동으로 친근감을 주는 사람이었습니다. 냉정하고 엄하다고 알려진 이주하조차도 일반인들에게는 선생님 같다는 소리를 듣습니다. 김삼룡은 초등학교 때 눈 오면 혼자 미리 나와 운동장 쓸고 감옥에서 조선인들이 싸우면 중간에 머리를 들이밀어 대신 맞으며 싸움을 말리던 사람이었다고 합니다.

조선공산당 지도부에 대한 세간의 평가는 하나같이 온순하고 조용한 선생님들 같았다고 합니다. 이현상, 이관술은 감옥에서 나올 때 책이 한 수레였다고 하고, 정태식, 김태준은 경성제대 교수로 저명했고, 박진홍 같은 이도 문학소녀로 유명했습니다.

예컨대 조직원의 한 명이던 이효정이 본 이현상은 남들과 전혀 다른 점잖은 사람이었다고 합니다. 당시 학습을 중시해 경찰의 감시를 피해 남녀가 일 대 일로 밤을 새워 사회주의 이론과 현실강령을 공부했는데 이효정은 이현상과 단둘이 학습한 일을 평생 잊지 못합니다. 그런 그가 빨치산 사령관이 될 수밖에 없던 현실에도 크게 마음 아파합니다.

이들은 매우 민주적으로 조직을 운영하는데, 트로이카 자체가 특정 지도자가 없는 위원회식 조직으로, 조직 전체가 수많은 트로이카로 이뤄져 지도부부터 하부조직까지 수평적인 관계를 이룹니다. 현실적으로도 가혹한 고문과 감옥살이만이 기다리는 독립운동에서 강제성을 띨 수는 없었을 것입니다.

이들은 맨 하부토론부터 매우 비강압적이고 민주적으로 결정합니다. 결정 내용도 다분히 현실적이며 무작정 과격한 투쟁으로 몰고 가지도 않습니다.

경성 지역 학생운동의 상부 트로이카이던 이현상의 경우 동맹휴학을 주장하는 학생들에게 현재의 역량과 피해 등을 고려해 파업을 늦추도록 권유하지만 학생들이 강행하자 이를 적극 지원합니다.

이재유는 파업현장에서 다른 조직운동가들과 부딪혀 '운동가'가 파업을 지도할 것인가, 아니면 운동가는 돕는 역할을 해야 하나 토론이 벌어졌을 때 후자의 주장을 펼칩니다.

해방 후 조선공산당 최고지도자들이 된 이관술, 이순금 등은 지방의 좌익들을 만난 자리에서 좌경, 급진적 구호를 누누이 경계하고 대중적인 요구에 맞춰 평화적으로 활동할 것을 설득합니다.

이관술, 김삼룡 등은 일제와 해방 후 남한 경찰에 쫓길 때 항상 걸인, 넝마주이가 되어 실제로 자전거를 타고 넝마를 수집하고 엿을 팔러 전국을 누비며 조직을 합니다. 실제 풍모도 매우 서민적이었다고 합니다.

경성트로이카를 포함해 일제하와 해방 직후 조선공산당의 목표는 사실상 오늘의 대한민국 헌법이라고 불러도 될 정도로 대중의 삶과 밀접한 내용들입니다.

이들의 강령의 제일 첫째는 항상 조선의 완전한 독립입니다. 다음으로 제시된 목표들은 8시간 노동제 혹은 7시간 노동제, 의료보험 실시, 국민연금 실시, 퇴직금 실시, 남녀평등, 심지어는 호적제 폐지와 외국인 노동자에 대한 평등권 주장까지 있습니다. 오늘날 우리가 누리고 있는 사회보장의 대부분이 공산주의자들에 의해 주장된 것들이고, 해방 후 좌익에 밀린 이승만과 미군정에 의해 전격 수용됩니다.

공산당 강령 어디에도 즉각적인 사회주의 실현이나 공산주의 실현 같은 것이 들어있지 않다는 것은 매우 시사적입니다. 이러한 모습을 보았던 우익 보수파들이 오늘의 민주화운동 전체를 빨갱이로 보는 것도 이해할 만합니다.

일제와 해방공간을 풍미했던 경성트로이카와 그 후속조직이던 경성콤그룹 출신들은 그러나 남과 북에서 모두 버림받고 역사의 미아가 되고 맙니다.

이재유와 박영출 등은 일제 감옥에서 죽습니다. 일제시대 조선 공산당 관계자들의 감옥살이 햇수가 무려 6만 년에 이르고 경찰의 고문으로 죽은 조선공산당 간부들의 숫자만도 60명에 이른다는 것은 그들의 투쟁이 그만큼 치열했음을 말해줍니다.

김삼룡, 이주하, 이관술, 김태준 등은 남한에서 처형당합니다. 이현상은 남부군 사령관으로 5년여 산중생활을 하다가 지리산에서 죽습니다.

이주하와 함께 노동운동을 했던 이강국, 최용달, 정태식, 이승엽 등은 북한에서 처형되거나 숙청당합니다. 북한 정권은 이들뿐 아니라 대부분의 남한 출신들과 중국에서 무장투쟁을 해온 이들을 제거함으로써 남한과 다름없이 항일운동의 역사를 왜곡하고 맙니다.

다만 이재유의 부인이던 박진홍은 전쟁 중에 죽어 국가유공자가 되고 이순금의 경우는 박헌영 재판에서 박헌영을 비판한 후 살아남아 남한 출신으로는 매우 드물게 1990년대까지도 고위직을 유지합니다.

(전교조 강원지부 강연, 2011년 7월)

저자 **안재성**(安載成)

　　1960년 경기도 용인에서 출생해 강원대학교 축산학과를 수학했다.
1989년 장편소설『파업』으로 전태일문학상을 수상하며 작품 활동을 시
작했다. 장편소설로『황금이삭』『경성트로이카』『연안행』등이, 역사
인물 평전으로『이관술』『이현상 평전』『박헌영 평전』등이 있다.

푸른사상 산문선 6
따뜻한 사람들과의 대화

인쇄 2012년 6월 20일 | 발행 2012년 6월 30일

지은이 · 안재성
펴낸이 · 한봉숙
주간 · 맹문재 | 편집 · 김재호 | 마케팅 · 박강태

펴낸곳 · 푸른사상사
등록　제2−2876호
주소　서울시 중구 초동 42번지 아시아미디어타워 502호
대표전화　02) 2268−8706(7) | 팩시밀리　02) 2268−8708
메일　prun21c@yahoo.co.kr / prun21c@hanmail.net
홈페이지　www.prun21c.com

ⓒ 안재성, 2012

ISBN 978−89−5640−931−3　03810
ISBN 978−89−5640−848−4　04810 (세트)

값 13,800원